安徽省教育厅2021年度高校人文社科重点项目(SK2021A0620)
安徽省2022年度高校优秀青年人才基金项目(gxyq2022078)　研究成果
巢湖学院2022年度高层次人才科研项目(KYQD-202202)

程小青侦探小说的翻译与创作研究

Research on the Translation and the Creation of
Detective Stories by Cheng Xiaoqing

余 鹏　裴 育　著

中国科学技术大学出版社

内容简介

本书将程小青对福尔摩斯系列侦探小说的翻译及创作活动作为一项独立的文化研究，从跨文化角度探讨程小青侦探小说译介和创作活动对中国侦探小说产生的影响，以及英文侦探小说翻译与中国早期侦探小说创作之间的互动关系，重点论述程小青对中国侦探小说文学样式的开创和发展作出的贡献。

本书可供中国现当代文学、比较文学、外国文学研究者和爱好者参考使用。

图书在版编目(CIP)数据

程小青侦探小说的翻译与创作研究 / 余鹏，裴育著. -- 合肥：中国科学技术大学出版社，2024.9. -- ISBN 978-7-312-06103-5

Ⅰ. I207.42

中国国家版本馆 CIP 数据核字第 2024FC2495 号

程小青侦探小说的翻译与创作研究

CHENG XIAOQING ZHENTAN XIAOSHUO DE FANYI YU CHUANGZUO YANJIU

出版	中国科学技术大学出版社
	安徽省合肥市金寨路96号,230026
	http://press.ustc.edu.cn
	https://zgkxjsdxcbs.tmall.com
印刷	合肥华苑印刷包装有限公司
发行	中国科学技术大学出版社
开本	710 mm×1000 mm　1/16
印张	7.5
字数	131 千
版次	2024 年 9 月第 1 版
印次	2024 年 9 月第 1 次印刷
定价	50.00 元

作者简介

余鹏,安徽无为人,1986年生于安徽泾县,巢湖学院外国语学院副院长、副教授,哲学博士,安徽省教坛新秀,合肥市高层次人才,兼任安徽省比较文学学会副秘书长、巢湖学院外国语学院比较文学与跨文化研究中心负责人、中国比较文学学会翻译研究会会员、安徽省翻译学会理事。曾任安徽三联学院外语学院副院长、翻译与比较文学研究中心负责人。一直从事中外文学关系研究和侦探小说翻译研究,在国内外期刊公开发表论文30余篇,出版专著2部(合著);主持安徽省哲学社会科学规划基金项目1项、安徽省高校人文社科重点课题2项、安徽省高校优秀青年人才基金项目1项,教育部教学研究项目1项、安徽省省级教学研究项目2项,参与省部级项目多项。曾获安徽省高等学校教学成果奖二等奖(2023年)和三等奖(2017年),安徽省"三项课题"研究成果三等奖1项。

作者简介

裴育,1998年生,安徽定远人,安徽科技学院外国语学院助教,硕士,安徽省比较文学学会会员,巢湖学院外国语学院比较文学与跨文化研究中心研究员,研究方向为比较文学与翻译研究。参与省部级课题3项,出版专著1部(合著)。

前　言

　　1896年至1897年间,《时务报》陆续刊登了4篇由英国作家阿瑟·柯南·道尔(Arthur Conan Doyle)创作的福尔摩斯系列侦探小说译文,为国人开启了一扇探寻西方侦探文学的崭新之窗。对于读惯了模式化的传统公案小说的中国读者而言,初次接触到这种叙事方式别致、情节跌宕起伏的西方侦探小说的确有耳目一新之感。因此,这些译作受到中国读者的极大欢迎,并在清末民初的中国小说界引发了一股外国侦探小说翻译热潮。这为清末民初文坛带来了新的生机,也对中国侦探小说的创作和发展起到了一定的铺垫作用。

　　在这场持续数十年的翻译热潮中,诸多版本的侦探小说译本纷纷涌现。其中以1916年中华书局出版的《福尔摩斯侦探案全集》和1930年世界书局推出的《福尔摩斯探案大全集》最为瞩目。这两套译作规模宏大,几乎囊括了福尔摩斯系列的全部作品。作为这两次大规模翻译活动的主要发起人和组织者,程小青以其精湛的译笔和开拓的文学视野,成为当时侦探小说翻译领域的代表性人物。译介早期,他采用文笔驯雅的文言文进行福尔摩斯系列侦探小说的翻译活动;随着白话文的推广和普及,后期他与其他译者一起又以白话文重译了该系列的所有作品。无论是文言译本还是白话译本,都以其传神的表达和生动、流畅的语言风格受到了社会各界读者的广泛欢迎和高度评价,对当时侦探小说的译介活动产生了积极的影响。

　　程小青不仅是一位出色的侦探小说翻译家,更是中国本土侦探小说创作的开拓者。在翻译侦探小说的同时,他还以西方侦探小说为蓝本,进行了富有创造性的本土化侦探小说创作。他创作的《霍桑探案集》标志着中国本土侦探小说的诞生,这是中国文学史上第一部真正意义上的侦探小说集。它融合了西方侦探小说的叙事模式和中国传统公案小说的特质,开创了中国本土侦探小说的先河。它不仅标志着一个全新文学样式在中国的诞生,更见证了域外文学经由翻译融入本土语境的生动过程。

然而,随着时代的变迁和福尔摩斯探案故事翻译版本的日益增多,那些曾为侦探小说译入中国发挥过重要贡献的译者和译本,逐渐淡出人们的视野,湮没在历史的长河之中。时至今日,程小青的名字和译作不仅很少为普通读者所知,就连许多文学研究和翻译史著述中也鲜少提及。这种遗忘和淡漠不可谓不是一种遗憾。重新审视程小青的翻译生涯和文学实践,不仅有助于我们全面认识中国侦探小说的发端和流变,更能为深入理解近代中外文学交流的复杂图景提供重要参照。正是基于这样的意识,本书立足于程小青的个案研究,力图在中西文学文化互鉴交流的视野下重新审视中国侦探小说的起源,对侦探小说这一域外文学样式经由翻译进入本土语境的历时性过程进行深入考察。具体而言,作者一方面通过细致入微的文本分析和考证,旨在发掘更多鲜为人知的史料和细节,让这段尘封已久的翻译文学史呈现出更加立体、丰富的图景;另一方面,力图在对不同版本译本进行比较的基础上,结合社会历史语境和文化思潮等因素,动态考察侦探小说译介与中国文学、文化语境的复杂互动,并由此揭示清末民初中西文学交流的独特图景。

本书是作者十多年来对程小青及清末民初侦探小说翻译研究的总结和回顾。作者以程小青的个案研究为中心,结合译本比较、诗学传统、文化语境等方面的分析,旨在为清末民初侦探小说翻译与创作的相互关系提供个案研究经验。作者广泛搜集程小青侦探小说译作、创作以及相关评论、书信等文献资料,对其文学活动进行翔实可靠的梳理。在此基础上,重点考察其翻译策略与理念的形成背景,以及所处时代的文化语境和主流文学规范对其翻译实践的影响和制约。作者一方面将程小青译作的文本分析置于与不同时期译者、译作的比较视野中,揭示他的译介活动在清末民初侦探小说翻译文学版图中的代表性意义;另一方面,将程小青的侦探小说翻译置于其整个文学生涯的连续性中加以考察。具而言之,作为中国本土侦探小说的首倡者和实践者,程小青的小说创作与其翻译实践之间有着千丝万缕的联系。译者的身份和经验对其创作实践产生了怎样的影响?小说创作反过来又对其后期翻译活动起到了哪些促进作用?带着这些问题,作者从创作动机、翻译动机、文学理念、美学追求及批评实践等多个维度,对两种文学实践之间的互动关系进行细致而动态的考察,力图揭示域外文学经由翻译进入本土语境并最终实现本土化的复杂过程,由此突出翻译文学在构建民族文学形象、推进文学发展方面的重要作用。

通过程小青侦探小说创作与翻译的个案研究,本书拟实现以下几个具体研究目标:其一,在文献梳理的基础上,对其翻译和创作活动进行历时性的考证和整理,尝试丰富翻译文学史的研究资料;其二,在清末民初中西文学文化互鉴交流的大背景下,进一步评估和定位程小青侦探小说翻译和创作实践,揭示域外文学译介对近代中国文学发展的影响;其三,透过程小青的个案研究,为近代文学史、翻译文学史和文化交流史研究提供不同的研究视角。

本书共有八章。第一章引言,简要勾勒清末民初中国社会所处的历史语境,突出这一特殊时期在政治、经济、文化等领域出现的种种困境和转机,力求为后文分析程小青的侦探小说翻译与创作实践提供必要的时代背景。通过系统梳理翻译引介西方侦探小说的首译者、译本以及参与其中的出版机构,为读者深入了解程小青的侦探小说翻译与创作实践提供翻译史参照。同时,运用中国知网的知识可视化方法,对国内学界围绕程小青展开的研究的情况进行梳理和解读。通过对比分析现有研究成果的数量、类型、年度分布等多项指标,对国内关于程小青的研究历史与现状进行总结,为本书的研究视角和研究方法提供重要参照,也为后续相关研究的深入开展提供必要的学术谱系支撑。

第二章介绍本书的研究框架和研究内容。

第三章主要聚焦清末民初翻译侦探小说在中国文学系统中所经历的地位嬗变过程。一方面,梳理清末民初时期西方侦探小说的译介情况,重点分析处于文学系统边缘地位的早期侦探小说译作的文本特征,如选材标准、翻译策略、叙事模式等,以期揭示这一时期中国文坛对域外新文体的基本认知和接纳程度;另一方面,以具体侦探小说译本为对象,分析处于文学系统中心地位的侦探小说的文本特征,指出其在悬疑性、翻译语言选择、翻译策略使用等方面呈现出的新特点和新变化,由此向读者呈现清末民初的文学观念和审美趣味的变迁轨迹。

第四章主要探讨程小青的侦探小说翻译实践。通过对代表性译本的分析与对比,深入解读其采用的具体翻译策略。具体而言,从多元系统理论入手,以梳理侦探小说翻译与译语文学系统之间的互动关系为切入点,结合具体译本进行对比研究,分析程小青的异化翻译策略和归化翻译策略使用的背景、原因及效果。本章试图还原一个立足本土、放眼域外的译者形象,由此体现程小青作为清末民初文化转型期的中西文化协商者和文学实践者的历史作用。这种对译者主体性的关注和文本细读,将有助于深化对侦探小说这一文学类型在跨文化语境中的传播接受规律的认识。

第五章重点探讨清末民初特定的文化语境对程小青早期侦探小说翻译实践所产生的影响。选择程小青三部具有代表性的侦探小说译作——《罪数》《海军密约》和《驼背人》,将程小青译本和他译本进行对比分析,考察清末民初的主流文化思潮、意识形态诉求以及社会现实境遇等因素对其翻译活动的影响。据此,进一步揭示当时的文化语境对侦探小说这一舶来品的译介活动所产生的引导、制约乃至改造,向读者展示域外文学经由翻译进入本土文化语境后所经历的文化协商过程。

第六章主要分析程小青翻译语言的选择。引入语言顺应论的相关观点,探讨程小青在进行翻译语言的选择时,如何主动顺应译入语文化语境中的种种制约因素,以实现侦探小说翻译效果的最大化。在程小青侦探小说翻译的早期阶段,其语言选择主要表现出对译入语文化传统的延续,以及对译本接受效果的重视。一方面,他主要运用文言文以及中国传统的称谓、礼节等表达方式,力图与当时读者的阅读习惯形成呼应;另一方面,他在语言风格上也追求雅正,以增强作品的文学性和可读性。随着白话文运动的深入以及个人语言观念的嬗变,程小青的中后期译作在语言选择上呈现出新的特点——采用白话文进行翻译,大量运用口语化的表达方式,力图革新译作语言风貌,扩大译作受众面,提升传播效果。

第七章主要分析程小青侦探小说的创作动机。从外在因素和内在因素两个方面分析程小青翻译侦探小说的动机,以期通过对程小青翻译动机的分析把握其侦探小说的创作动机。对外在因素进行考察,发现程小青的翻译动机有"治国图强"的成分;对内在因素进行考察,发现程小青旨在通过侦探小说"启迪民智、教化国民"。最终,程小青通过创作侦探小说,更深一步地实现其侦探小说的翻译动机,以及将侦探小说的翻译动机和创作动机统一为终身的文学活动的动机。

总体而言,本书一方面通过梳理程小青的翻译活动,考察西方侦探小说被引入中国的历程及其与本土文学文化语境的互动过程,呈现域外文学样式融入中国文学系统的具体路径和文本特征;另一方面,通过分析其侦探小说创作与翻译实践的关联,揭示翻译文学对本土新文学样式形成的影响机制。在此基础上,进一步思考清末民初知识分子在文化转型期借助域外文学译介实现启蒙民智、革新文学的广泛文化诉求,以期为深入理解近代中国文学的发展历程以及中西文学关系提供新的学术视角。本书在拓展程小青研究、晚清侦探小说翻译研究领域的同时,对于完善晚清文学文化转型的总体图景、探讨域外文学对近代中国文学的影响等学术问题亦具有一定的启发和参照意义。

具体而言,本书具有以下三个方面的创新性:

其一,研究视角的创新。本书立足于传统的翻译文本研究的同时,将程小青的侦探小说翻译与创作置于更广阔的文化语境中进行考察。通过对程小青"译者—作者"双重身份的关注,力图为广大读者呈现清末民初知识分子在域外文学引介与本土新文体发展过程中所扮演的独特角色。这种译者研究与文化研究的有机结合,在一定程度上突破了传统翻译研究聚焦文本的局限，开拓了侦探小说翻译个案研究的新视野。同时，考察译者的文化态度、翻译策略及其与创作实践的关联，将有助于深化对翻译行为文化动因的认识，为译者主体性的理论探讨和实践研究提供个案研究经验。

其二，研究对象的新颖。以往学界对晚清侦探小说翻译的研究，较多地将其置于通俗文学的视域下考察，主要是为同时期侦探小说的创作研究提供参照。研究者大多是中文专业的学者，受限于专业归属和外语水平，他们对于小说原著的研究大多是依赖于译本，较少涉及小说英文原文和译文的对比。即便有侦探小说翻译的个案研究，也仅仅是局限于译本自身，鲜有结合译者和作者双重身份，从文本外部各种因素开展的综合性翻译研究。本书研究以程小青这一兼具译者与作者双重身份的代表性人物为研究对象，通过系统梳理其侦探小说译作与创作，进一步探寻他在侦探小说译介和中国侦探小说开创方面的重要作用及历史地位，为其在中国翻译文学史和中国近代文学史上的定位提供更多的学理依据。

其三，理论方法的创新。本书运用多元系统理论、语言顺应论、文化研究理论等多种翻译研究理论对程小青侦探小说的翻译和创作活动开展研究，试图在考察文本、译者、语境之间复杂关系的基础上，对程小青的侦探小说翻译和创作实践进行历时性、多维动态的描述和阐释。

首先，本书借助多元系统理论的研究框架，将程小青的译作和创作置于清末民初中国文学多元系统中进行考察，探寻当时的社会文化语境、意识形态、诗学形态等对其翻译和创作活动的影响，进而阐明译作经由译者的改写进入译语文化语境后发生文学文化功能嬗变、价值流变的动态历程。

其次，本书运用语言顺应论的相关观点，对程小青不同时期翻译语言的选择进行考察，揭示了他在"文言—白话"的选择过程中对译入语文化多重规范制约的主动顺应，显示了译者作为译语文化把关人的独特作用。这种在特定的历史语境与语言转变时期中，考察译者的顺应性策略和文化调适策略的研究路径，对于完善译者研究的理论与方法具有一定的启示意义。

最后,本书在传统翻译文本研究的基础上,引入文化研究理论与方法,将程小青的侦探小说翻译实践置于清末民初文化变革的广阔背景下进行考察。通过聚焦程小青的个案研究,细致梳理域外侦探小说在近代中国的译介历程及其与本土文化语境的复杂互动,深入剖析程小青的文化态度与翻译策略,进而阐释域外文类经由翻译融入本土文学系统并催生新文学样式的发生机制,由此为研究近代中国文学的流变提供了翻译学理论视角与方法论启示。

具体而言,本书的学术贡献主要体现在以下三个方面:

其一,本书有助于深化对清末民初侦探小说翻译活动与创作活动相互关系的认知。通过系统考察这一时期侦探小说在中国的译介状况,揭示译作在数量、选材、翻译策略等方面呈现出的阶段性特征,厘清侦探小说在清末民初中国文学系统中的发展脉络。同时,本书将程小青侦探小说的译作和创作置于与本土文学系统的互动中考察,由此凸显域外文学经由译介进入异质文化语境所经历的接受、改造及重构。这对于拓展清末民初这一时期的翻译文学研究视野,深化对翻译与创作、域外文学与本土语境关系的认识,具有一定的启示意义。

其二,本书有助于完善对程小青翻译与创作的学理认知。作为清末民初侦探小说翻译与创作的集大成者,程小青对于中国本土侦探小说这一文学样式的开创作出了重要的贡献。然而,学界对这位颇具影响的文化人物却缺乏深入的研究。本书在以往研究的基础上,广泛搜集相关译本资料,通过文本细读与历时性考察,进一步对程小青的侦探小说翻译生涯与创作实践进行深入挖掘,以期为这一时期文人在域外文学引介与新文体发展过程中的作用提供学理依据。

其三,本书为翻译与创作的域外影响与本土接受等学术命题提供了新的思考路径。通过考察程小青翻译与创作实践之间的关联互动,揭示域外文类经由翻译为本土新文学发展所提供的题材、模式乃至思想资源。这对于理解近代中国文学转型过程中的外来影响、中西文学关系等相关课题具有一定的启发意义。同时,本书关注清末民初这一时期知识分子借助域外文类译介实现启蒙叙事目标，亦为透视近代文人在文化转型中的使命担当与话语策略提供了新的切入点。

作为一部系统探讨程小青翻译与创作活动的著作，本书的研究将进一步丰富这一领域的研究资料。此外，本书所倡导的译者译作与创作互动研究的视角有望为此类研究提供理论参照与方法借鉴。本书所探讨的中国传统公案小说现代化转型的模式、域外文学的影响路径等宏观学术问题，也将为相关研究提供新颖而富启发性的个案分析。因此，本书有望为清末民初翻译文学史研究、中国近代文学史研究等提供可借鉴的学术资源。

就研究方向而言，本书可供翻译、文学、比较文学、跨文化等相关学科领域的研究者参考。对于从事翻译文学、比较文学、文化研究的学者而言，本书所提供的文本细读、历时考察、译者研究等将是颇具借鉴意义的学术资源。本书亦可作为高校翻译、文学等相关专业的教学参考用书。本书所奉行的文本研读、文化语境考察相结合的研究方法，对于培养学生分析问题的能力颇有裨益。本书涉及的文学翻译与文化互动、域外文学的本土化等话题，亦可为文学、文化、翻译等专业的教学提供针对性的案例素材。

余　鹏

2024年仲夏于安徽泾县钢铁厂宿舍

目　　录

前言 ·· （ⅰ）

第一章　引言 ··· （1）
　　第一节　侦探小说在中国的出现及其首译者 ······································· （2）
　　第二节　国内对程小青的研究 ·· （5）
　　第三节　研究总评 ··· （14）

第二章　研究框架与主要内容 ··· （16）
　　第一节　研究框架 ··· （16）
　　第二节　主要内容 ··· （25）

第三章　翻译侦探小说在中国文学系统中的地位 ······································· （30）
　　第一节　概述 ·· （30）
　　第二节　边缘地位的翻译侦探小说的文本特征 ······································· （31）
　　第三节　翻译侦探小说文学中心地位确立的成因 ··································· （35）
　　第四节　中心地位的翻译侦探小说的文本特征 ······································· （39）
　　第五节　清末民初翻译侦探小说文学中心地位确立的影响 ····················· （44）

第四章　程小青翻译策略的解析 ·· （46）
　　第一节　概述 ·· （46）
　　第二节　诗学形态与侦探小说翻译 ·· （47）
　　第三节　异化翻译策略的使用 ··· （49）
　　第四节　归化翻译策略的使用 ··· （51）

第五章 文化语境对程小青早期侦探小说翻译的影响 (54)
第一节 概述 (54)
第二节 译入语文化语境与侦探小说翻译 (55)
第三节 《罪数》译本分析 (56)
第四节 《驼背人》译本分析 (63)
第五节 《海军密约》译本分析 (70)

第六章 程小青侦探小说翻译的语言选择 (79)
第一节 概述 (79)
第二节 语言顺应论与翻译 (80)
第三节 早期侦探小说的翻译语言选择 (81)
第四节 中后期侦探小说的翻译语言选择 (85)

第七章 程小青侦探小说的创作动机 (89)
第一节 概述 (89)
第二节 创作活动的外因:当时翻译活动的概览 (90)
第三节 创作活动的内因:福尔摩斯系列小说的翻译 (92)
第四节 创作动机——翻译动机的拓展与深化 (96)

第八章 结语 (98)

参考文献 (101)

后记 (104)

第一章　引　言

  晚清末年,清政府处于内忧外患的困境之中。一方面,战争的失败和外敌的入侵使国家命运岌岌可危;另一方面,政府的腐败和无能更使国民备受痛苦和屈辱。在这样的时代背景下,国人开始对国家的前途命运进行深刻反思,逐渐觉醒并认识到向西方学习的迫切必要性。相关资料表明,我国对西方小说的翻译活动最早可以追溯到乾隆年间,但长期以来并未受到国人的广泛关注。直到19世纪末,小说才被认为有助于救国强民,其社会地位和文学地位才得到显著提升。以梁启超为代表的进步思想家开始大力倡导政治小说的创作和翻译,许多评论家也纷纷呼吁将政治小说作为推动维新变法的重要手段。然而,较之政治小说,侦探小说独特的内容和形式,对于小说家和读者而言,更具吸引力,为当时的中国读者带来了全新的阅读体验。

  清末民初时期,侦探小说的翻译不仅起步较早,而且数量可观,发展迅速,几乎与世界文学潮流同步。其中,福尔摩斯系列侦探小说的译介最为活跃,涉及译者之广、作品数量之多,远超其他同类作品。此外,其他国家的侦探小说也被大量引进,丰富了中国读者的阅读视野。以福尔摩斯系列为代表的侦探小说迅速赢得了中国读者的青睐，并作为一种新兴的文学样式，在时代的发展中逐渐扎根于中国文学的土壤，对近现代文学的发展产生了深远影响。

随着侦探小说的大量译介，新知识和新观念也被引进当时的中国，对国人的思想观念产生了深远影响。在当时翻译福尔摩斯系列侦探小说的众多译者中，程小青以其独特的贡献脱颖而出。他不仅致力于侦探小说的翻译及翻译活动的组织，还模仿福尔摩斯侦探小说的结构和叙事方式，创作了中国最早的侦探小说作品，为这一文学样式在中国的成功引进和吸收作出了不可磨灭的贡献。然而，随着时代的变迁和福尔摩斯探案故事翻译版本的日益增多，那些曾为侦探小说译入中国作出重要贡献的译者和译本，却逐渐淡出人们的视野，湮没在历史的长河之中。时至今日，程小青的名字及其译本不仅不为一般读者所熟知，甚至在研究者的论著或文学翻译史著作中也鲜有提及，这不能不说是一件令人扼腕的事情。

为了重新审视中国早期侦探小说翻译的历史，拂去历史的尘埃，再现程小青在侦探小说翻译和创作方面的杰出贡献，无疑具有重要的学术价值和现实意义。通过对程小青的翻译和创作历程的进一步挖掘和分析，在揭示清末民初侦探小说翻译的特点和规律的同时，也能够更加全面地认识侦探小说这一文学样式在中国的发展脉络，进而加深对中国近现代文学史的理解。因此，重新发掘和评价程小青的译著及创作，对于丰富和完善中国翻译（文学）史和现代文学史的研究，具有不容忽视的意义。

第一节　侦探小说在中国的出现及其首译者

西方侦探小说所描述的案件侦破活动是在法律框架下进行的，对于案件侦破环节的描写注重科学方法和逻辑推理，这与中国传统公案小说中多依靠直觉和偶然解案的方式有着显著区别，体现了当时西方资本主义国家科技的发展和法律制度的不断完善。值得注意的是，侦探小说在叙事方式和探案手法上与中国传统的公案和武侠小说虽有所不同，但它们都聚焦于破案故事，关注社会道德观念的传承和社会正义的弘扬，因而能够快速引起当时中国读者的兴趣和共鸣。

在当时的社会背景下,侦探小说不仅是文学作品,也是传播新思想、新知识的有效工具,有助于激发民众的爱国思想和民族意识。侦探小说所蕴含的这些特性在一定程度上和维新运动的理念相契合。维新运动提倡新学,主张民权,抨击封建思想文化,它依靠的不仅是少数精英,更是广大民众。在此背景下,维新派人士寻求各种方式来推广变法思想。1896年8月9日,《时务报》创刊号上刊载的《英国包探访喀迭医生奇案》首次让福尔摩斯探案故事进入中国读者的视野。同时,侦探小说这一文学样式所蕴含的特质也引起了维新派的关注。在当时,不少维新派人士将侦探小说视为一种激励民众思考和行动的有效工具,借以展示维新变法的合理性与必要性,唤醒民众并吸引民众参与到变法运动中来。

在他们看来,引入西方侦探小说不仅有助于改造中国旧有的法制体系,更可充当宣传新思想、新理念的"教科书",向民众传播新知识、输入新文化、普及维新变法思想,激发民众的爱国热情和民族意识。各种因素的综合作用助推了当时侦探小说的译介与传播,在当时社会的文化和思想层面上产生了深远影响。

张坤德,字少堂,一作少塘,清末民初时期的外交官、翻译家和作家。他曾任职于朝鲜釜山领事馆,担任副领事兼翻译,并在《马关条约》签订期间担任翻译工作。在《时务报》创办之初,张坤德受聘担任英文翻译。他选择翻译西方侦探小说,不仅仅是出于个人兴趣,更多的是受到当时维新思潮的启发。如前所述,维新派积极主张翻译西方各领域的书籍、教科书以及报刊文章,以广泛传播新知识、新思想。《时务报》的创办宗旨之一正是"广译五洲近事",张坤德的侦探小说翻译工作完全契合了这一点。他在该报的翻译工作,对当时西方的法律和科学知识的译介起到了一定的作用,也促进了中国社会对西方文化的理解和接受。

张坤德翻译的福尔摩斯探案故事为中国通俗小说引入了一种新的文学样式,他对中国早期侦探小说翻译所起的作用是不容忽视的。如果不充分认识和肯定他的贡献,就无法完整地再现中国侦探小说翻译的历史图景。遗憾的是,张坤德虽然对中国早期侦探小说的翻译作出了诸多贡献,但在后来的研究中却没有得到应有的重视。其主要原因在于以下几个方面:首先,张坤德早期的侦探小说翻译还处于摸索和开拓阶段,缺乏可供参照的范本,因此与现代译作相比,总体上还显得不够成熟和完整。其次,受限于当时的社会文化潮流,对西方文学的引入往往过于注重实用性和启蒙作用，而疏忽了作品的文学性。这种强烈的实用理性心态对译者产生了深刻影响，以至于以今天的标准来看这位最早的译者，其成就几乎微不足道。张坤德所译作品仅有五篇，在后来的研究中被忽视似乎也在情理之中。最后，翻译文学在中国长期以来受重视程度不够，更何况侦探小说从某种意义上说，既不属于纯文学范畴，又不能算作文学经典名著。一种文学样式一旦被忽视，其译者自然也不会受到关注。

在研究历史时，首先应该秉持尊重历史的态度。在开展对程小青侦探小说翻译和创作的研究之前，我们有必要重新审视和评估张坤德在早期侦探小说翻译中的历史作用和地位。对于他在这一领域所作出的贡献以及对后来侦探小说译者的影响，我们应该给予客观、公正的认定。只有这样，我们才能溯源而上，更加全面、准确地把握中国早期侦探小说翻译的发展脉络，从而进一步掌握中国侦探小说的起源和发展路径。

重新发掘和评价张坤德的译作，对于构建中国侦探小说乃至整个近代文学翻译史，都具有重要的学术价值和现实意义。张坤德翻译的侦探小说，在维新运动的大背景下，发挥了积极的社会启蒙作用。重新评价张坤德在中国翻译史上的贡献和地位，一方面可以帮助我们进一步还原早期侦探小说翻译的真实面貌、译者策略以及译者的文化协调，也能够为后续研究提供参照；另一方面，还可以帮助我们从首译者的翻译策略和翻译动机出发，审视早期程小青的侦探小说翻译和创作活动。同时，也为中国侦探小说乃至整个现代文学的发展历程提供了一个重要的研究视角。

对于张坤德而言，《英国包探访喀迭医生奇案》的翻译奠定了他作为福尔摩斯系列侦探小说汉译先驱的地位。这一点修正了翻译史上的一些误解。过去学界普遍认为林纾是最早翻译侦探小说的中国人，但事实上，其翻译的《歇洛克奇案开场》直到1908年才与读者见面，比张坤德的译作晚了整整12年。在张坤德的译作发表后的一年多时间里，《时务报》又相继刊载了另外几篇他所翻译的福尔摩斯探案小说。这一系列译作不仅拉开了侦探小说在中国的翻译序幕，更成为此后侦探小说翻译热潮的起点。其后的20多年，福尔摩斯系列侦探小说及其他西方侦探小说不断被引入和译介，其传播力和影响力在当时的中国境内不断扩大。

总体而言，张坤德在中国侦探小说翻译史上的贡献和影响主要体现在两个方面。第一个方面，他率先翻译西方侦探小说，为中国文学系统引入了一种全新的文学样式。看到《时务报》连载西方侦探小说的成功,全国各大报刊纷纷效仿,广泛刊载各类侦探小说译作。这一现象不仅丰富了当时的报纸内容,吸引了大量读者,也促成翻译侦探小说作为一种独立文学样式在中国的发展和流行。虽然张坤德侦探小说译作的数量有限,与后期侦探小说译者的译作数量无法相比,但其开创性的贡献却不容忽视。面对侦探小说这种全新的文学样式,作为首译者的张坤德在翻译时应该进行了深入的思考,颇费了一番功夫,从其对故事结构、叙事视角以及文化差异的处理便可见一斑。具体而言,他在关照晚清读者的阅读习惯、审美传统和文化传统的同时,还保留了侦探小说自身的特质。在翻译过程中,他在多个方面进行了有益的探索。比如他对福尔摩斯探案故事叙事视角的渐变式改造,扭转了晚清之前翻译中对西方叙事视角普遍存在的改译现象。张坤德的这种做法甚至早于严复提出的"信达雅"翻译原则,为后来的译者提供了宝贵的经验和启示。

第二个方面,张坤德的侦探小说翻译对当时的维新运动起到了积极的呼应作用。《时务报》刊登了他为数不多的几篇译作,在为晚清的读者带来了前所未有的文学体验的同时,也向当时的读者介绍了一种有别于传统破案方式的侦探小说。这些翻译作品不仅在文学上具有创新意义,也促进了进步人士对社会层面的思考和讨论。这些译作的内容展示了西方的政治、教育和司法制度,揭示了西方的政教得失,引发了当时警方对传统破案手段的反思,以及上层社会和读者对当时社会制度的思考。更为重要的是,他对于侦探小说的翻译,拉开了中国侦探小说翻译的序幕,在开启民智、启迪思想方面发挥了积极的社会作用。张坤德以小说作为普及教育的手段,启发民众接受先进的科学知识和司法观念,这种方式与维新运动倡导的法制改革和科学思维不谋而合,因而也算是侧面支持了维新运动的开展。

第二节 国内对程小青的研究

如果说张坤德是将西方侦探小说引入中国的第一人,那么程小青则对西方侦探小说在中国的传播起到了重要的推动作用,同时他还是中国侦探小说文学样式的开创者和奠基人。程小青之所以被誉为我国侦探小说的鼻祖和宗匠,主要是因为他在以下方面作出了卓越贡献：

首先，程小青是福尔摩斯侦探系列小说在中国早期译介活动的组织者和主要译者。在张坤德之后，程小青对侦探小说的翻译、创作及组织工作进一步推动了侦探小说这一文学样式在清末民初时期的传播和发展。他在侦探小说翻译过程中所采取的策略、遵循的标准以及对文化差异的处理方式，都为后来的译者提供了宝贵的实践经验和借鉴参照，对侦探小说在中国的译介起到了规范和引领作用。

其次，程小青是中国本土侦探小说文学样式的开创者。作为出色的翻译家和作家，他通过大量优秀的翻译活动将福尔摩斯系列侦探小说及其他侦探小说引入了当时的中国，推动了西方侦探小说在中国的传播。同时，他的侦探小说创作还开创了中国侦探小说这一崭新的文学样式。他创作的《霍桑探案集》标志着中国本土侦探小说的诞生。这部作品是中国文学史上第一部真正意义上的侦探小说集，在延续中国传统公案小说特色的基础上，吸收借鉴了西方侦探小说的写作技巧，同时巧妙地融入了中国的文化元素和社会现实。通过这些富有创新意义的尝试，程小青对中国传统公案小说的叙事视角等方面进行了革新和改造，奠定了中国本土侦探小说创作的基本范式和模板，也为后来的作家提供了可以借鉴的经验。

最后，程小青是中国最早从理论层面对侦探小说的翻译和创作进行系统研究的学者。他不仅在翻译实践和创作实践中推动了侦探小说在中国的传播和发展，还从理论角度探讨了侦探小说的创作方法、文学价值和社会功能等重要问题。程小青曾撰写多篇理论文章，深入分析侦探小说在启发逻辑思维、传播科学知识、反映社会问题等方面的独特作用，为侦探小说在中国的进一步发展提供了重要的理论支撑和学理基础。

一、研究概述

为了全面了解国内学界对程小青及其侦探小说翻译与创作的研究现状，笔者以"程小青"和"侦探小说"为关键词，在中国知网数据库进行了文献检索，共获得相关研究论文117篇（图1.1）。

数据显示，国内对程小青的学术研究最早始于1985年。客观而言，与其他知名翻译家和作家相比，学界对程小青的研究数量相对偏少，研究力度有待加大。然而,进入21世纪以来,随着学者们对程小青的关注度不断提升,相关研究数量呈现出明显的上升趋势,且具有一定的连续性和稳定性。

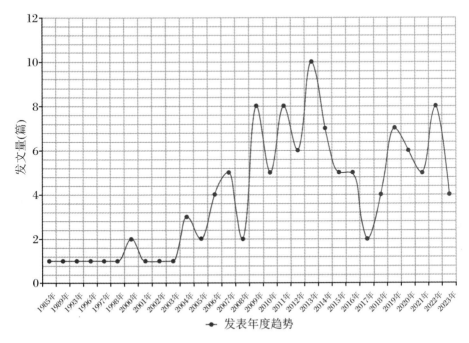

图 1.1　中国知网程小青相关研究论文年度分布图(截至 2023 年)

从研究主题上看,现有成果涵盖了程小青文学创作和翻译活动的多个重要方面,主要包括其侦探小说的创作特色、侦探小说的翻译策略,以及程小青在中国侦探小说发展史上的开创性地位等。这些研究从不同视角揭示了程小青在中国侦探小说产生和发展方面的作用。进一步统计发现(图 1.2),在众多研究者中,姜维枫和余鹏两位学者对程小青的研究较为持续,发文数量较多。

除了从研究论文的数量和主题分布来审视程小青研究的现状外,各级科研项目对程小青的关注和资助情况也可以作为评估其学术价值和研究发展趋势的重要参考指标。通过对国家社科基金、教育部人文社科项目等国家级和省部级科研项目的梳理(图 1.3)发现,程小青已经成为多个重大项目的核心研究对象。其中包括四项国家社会科学基金项目、三项教育部人文社会科学研究项目,以及多项省级科学研究项目。

科研项目的级别和数量从一个侧面反映了学术共同体对某一研究领域重要性的判断和共识。国家社科基金项目作为国内人文社科领域最高级别的资助项目,对程小青给予关注和支持,说明学界已经认识到深入挖掘程小青的翻译和创作成就所具有的学理价值。同时,高校和学术机构的积极参与,为该领域培养了一批高素质的研究力量。

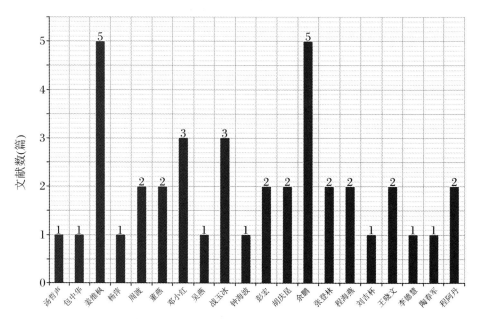

图1.2　中国知网程小青相关研究论文作者发文数量分布图

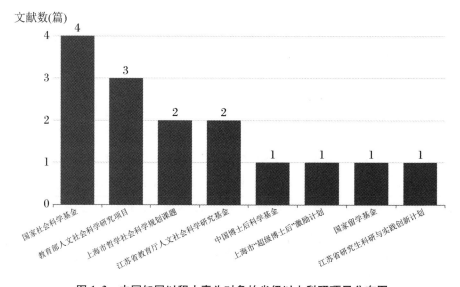

图1.3　中国知网以程小青为对象的省级以上科研项目分布图

地方省级科研项目则展现了各地学者立足区域视角,积极挖掘程小青与地方文化的联系。这些项目从不同层面印证了程小青研究在学术界受到的关注,显示出该领域的研究具有一定的前沿性、原创性和发展潜力。科研项目的有力支持，将在一定程度上推动程小青研究的深度和广度。

二、程小青侦探小说的创作研究

作为中国侦探小说的开创者和奠基人，程小青先生理应有一部关于他的全面而深入的研究专著，以充分展现他在这一文学领域的杰出贡献。卢润祥的《神秘的侦探世界——程小青、孙了红小说艺术谈》[1]是我国第一部有关程小青研究的专著。这部专著的贡献主要体现在以下几个方面：首先，书中不仅详细介绍了程小青的人生经历和思想轨迹，更通过对《霍桑探案集》等代表作的细致分析，揭示了程小青在人物塑造、主题提炼等方面展现出的独到艺术技巧。其次，作者围绕侦探小说的基本构成要素，如开场方式、悬念设计、故事结尾和篇名设计等，进行了深入而全面的探讨。这为后来的研究者提供了诸多新颖的研究视角和方法论启示。

此外，该书的另一大亮点在于收录了魏守忠编撰的《程小青生平与著译年表》。年表详细梳理了程小青的生活和创作历程，为研究者全面把握其文学道路和成就提供了重要的参考资料。同时，书中还精选了程小青所撰写的侦探小说创作理论文章，这为后来学者开展程小青侦探小说理论研究提供了第一手的珍贵资料。总之，作为中国侦探小说研究的开创之作，《神秘的侦探世界——程小青、孙了红小说艺术谈》一书不仅推进了对程小青的研究，也为整个侦探文学的研究和创作实践提供了丰富的资源和可借鉴的路径与范式。

范伯群主编的《中国近现代通俗作家评传丛书》[2]（之三）和《中国侦探小说宗匠——程小青》，是对程小青及其文学成就的精炼而深刻的探讨。尽管篇幅有限，这本书通过精选的内容结构，包括程小青的评传和他的两篇代表作，为读者提供了一个了解程小青的侦探小说艺术的独特视角。在评价程小青及其作品时，作者采用了历史唯物主义的视角，其分析具有时代的深度和政治经济背景的广度。该书不仅回顾了程小青在20世纪二三十年代的文学活动，还客观地分析了其作品在当时以及在现代社会中的意义、影响和局限性，突出了程小青作品中的进步思想以及其在应对社会现实问题时所展现的敏锐性和深度。

书中还对程小青与新文学界的关系进行了讨论，明确了程小青在中国现代文学史中的地位。通过探讨他与当时文学界的互动及其作品对新文学运动的影响,该书带领读者进一步了解程小青在文学和社会文化领域中的作用以及他的作品被时代接受的过程。总体而言,该书不仅对程小青个人及其文学成就进行了较为精要的评价,还对近代中国通俗文学和侦探小说发展进行了反思。这本书为我们提供了理解中国侦探小说发展以及这一文学形式如何与当时的社会政治动态相互作用的重要视角。对于研究中国现代文学史和侦探小说的学者、学生以及广大读者来说,这无疑是宝贵的学术资源和阅读材料。

姜维枫所著的《近代侦探小说作家程小青研究》[3]一书,系统地阐述了中国侦探小说的产生,对程小青的创作理论及其代表作品《霍桑探案集》做了全面的研究,分析了《霍桑探案集》的创作背景、艺术形象和叙述模式,并尝试将近代侦探小说流派加以分类。作者还从七个角度总结评价了程小青对中国侦探小说发展的开创性贡献,可谓分析全面,论证充分。这项研究的一大特色在于,作者并未停留在对程小青成就的概括性评价上,而是更加关注程氏创作理论与实践之间的内在张力。通过深入考察,作者指出,程小青在理论上自觉认同和倡导西方侦探小说的第一人称限知叙事等手法,但在实际创作中却仍然表现出对传统叙事技法的依赖。这一发现对于理解程小青创作心理和艺术追求具有重要启示意义。值得一提的是,该书还收录了程小青撰写的八篇侦探小说创作理论文章,基本囊括了程小青所撰侦探小说研究的所有文章。这不仅体现了作者治学的严谨与用心,也进一步丰富了程小青研究的史料。

宗靖华的《程小青侦探小说研究》[4]以中国现代侦探小说作家程小青及其侦探小说作品集《霍桑探案集》为主要研究对象,展开了深入而细致的探讨。作者在扎实阅读和比较分析中国古代公案小说与柯南·道尔《福尔摩斯探案集》等西方侦探小说的基础上,重点考察了以柯南·道尔侦探小说为代表的西方侦探文学对程小青创作的影响。通过细致的文本分析,该书揭示了程小青在吸收借鉴西方侦探小说叙事模式和创作技巧的同时,又进行了符合中国国情和文化语境的本土化改造与创新。在继承中国古代公案小说优秀传统的基础上,程小青以新颖独特的方式创造出了"中国侦探小说"这一文学样式。

总的来看,这部专著的研究视野开阔,从纵向角度追溯程小青侦探小说与中国古代公案小说的渊源,揭示其在叙事方式、情节设置等方面实现的传承与创新;从横向角度考察程小青作品与同时期西方侦探小说名家的关联,分析其借鉴、吸收及创新。这种向度比较研究的方法对本书研究具有启发意义。同时,作者还对程小青代表作《霍桑探案集》进行了深度解读,分析了程小青的叙事策略、人物塑造、故事结构等方面的艺术特色,总结了其侦探小说作品的文学价值和审美成就。该书丰富和拓展了程小青研究,为读者全面认识和评价这位侦探小说大家提供了重要参考。

三、关注程小青研究的主体层面不断扩张

随着程小青研究的不断深入和拓展,学界对他的关注度日益提升。这一方面反映了侦探小说这一文学样式在中国学界的影响力持续扩大,另一方面也印证了翻译侦探小说作为一种新的文学形式已经获得了中国文学系统的认可和接纳。早期,只有范伯群等少数学者对程小青的侦探小说创作给予关注。随着时间的推移,程小青的文学贡献和艺术成就得到了越来越多学者和研究机构的重视,相关研究呈现出快速发展的态势,主要体现在以下几个方面:

第一,学术会议和纪念活动的成功举办,标志着程小青研究的学术共同体已经形成,凝聚力和关注度不断提升。以1992年在苏州召开的"作家程小青诞辰100周年纪念会"为代表,程小青研究在学界的显性化趋势日益明显,引发了更多学者的积极参与和深入探讨。这既是对程小青杰出贡献的集中呈现,也极大地推动了后续研究的深入开展。

第二,程小青侦探小说创作研究的不断深入。秦亢华、范裕华的《程小青和〈霍桑探案〉——中国现代通俗小说研究札记》[5]是国内关于程小青及其侦探小说理论研究较早的一篇论文。刘为民的《论白话侦探小说的新文学性质》[6]结合程小青所撰的侦探小说创作理论和作品,论证了白话侦探小说具有的新文学性质。周渡的《从程小青的文学活动看其对现代性的追求》[7]认为程小青在翻译西方侦探小说的同时,也在吸收西方的创作技巧。康文的《浅论程小青侦探小说创作及其理论》[8]则从"作品贴近社会现实""读者情绪的调动""激发读者的冒险精神"三个方面论述了程小青的创作及其理论构建。黄薇的《沟通中西侦探小说的桥梁——程小青》[9]一文则从横向和纵向两个不同的角度来研究程小青,横向上认为程小青先对中西公案和侦探小说进行把握,而后对中国古代公案小说进行更细致的研究,并在此基础上完成自己的侦探小说创作,从而得出结论,认为程小青在横向上是连接中西侦探小说的桥梁;在纵向上,程小青完成了中国公案小说向侦探小说的转变。胡立昀的《程小青侦探小说创作浅论》[10]论述了程小青侦探小说受到的西方侦探小说及其理论的影响,并对程小

青侦探小说中体现的中国特色进行了研究分析。朱定爱的《论程小青的侦探小说》[11]对程小青侦探小说的思想文化价值进行了论述并指出了其侦探小说的艺术特色及局限。彭宏的《从侦探到"反特"：一种文类的消亡——从程小青的创作转换说起》[12]将程小青的创作分为新中国成立前和新中国成立后两个阶段，认为新中国成立前是"纯粹的侦探文类"，新中国成立后则转为"反特小说"，并阐述了程小青"纯粹的侦探文类"的消亡过程和原因。

第三，研究主题、视角和方法愈发多样化。研究主题从单纯的文本分析扩展到了文化研究，研究方法涉及翻译学、文学、美学等多学科。学者们对于程小青的研究，并没有止步于传统的研究方法，进行文本内部的单一研究，而是努力探索新的研究方法和角度，不断尝试将新的理论和研究方法运用到对程小青的研究中。近年来，对程小青的研究已经开始进入一部分比较文学研究者的视野。

汤哲声的《流转带来神奇——程小青〈霍桑探案集〉、高罗佩〈大唐狄公案〉论》[13]将程小青和高罗佩这两位创作外国小说文体的作家加以比较，指出两者都是拥有外国小说的"壳"，本国文化的"核"，客观地评价了程小青，同时对小青所撰写的侦探小说理论文章进行总结，进一步指出，程小青的侦探小说忽视了侦探小说最核心的本质内涵：人权和法制。李世新的《〈霍桑探案集〉与〈福尔摩斯探案〉比较论》[14]也是从比较文学的研究角度出发，将两部作品加以比较，研究分析了《霍桑探案集》对《福尔摩斯探案》的模仿与借鉴。吴正毅的《从福尔摩斯到霍桑——中国现代侦探小说本土化过程及其特征》[15]从程小青的《霍桑探案集》和柯南·道尔的《福尔摩斯探案集》的相似性和相异性入手，研究侦探小说这一中国文学的"缺类"怎样被中国清末民初的知识分子借鉴和吸收，并最终成为一种具有本土色彩的小说形式的。黄晓娜的《〈福尔摩斯探案全集〉与〈霍桑探案集〉的比较研究》[16]以程小青对柯南·道尔的模仿为切入点，主体上采用比较文学影响研究的方法，系统地阐述了《福尔摩斯探案全集》和《霍桑探案集》之间的关系，探讨了前者在进入我国后产生的变异及其原因，揭示了这两部侦探小说各自的特色及其背后的原因。

学者们通过剖析程小青融合西方侦探小说叙事技巧和中国传统公案小说元素的创作实践，不仅揭示了一个作家如何在特定文化和政治背景下进行文学创作，通过翻译和创作活动实现中西文学的交流互鉴，也反映了中国传统文学在面对西方文明冲击时所展现的文化自觉和创新活力。

这些研究成果具有多重学术价值和现实意义。首先，它们丰富和深化了我们对程小青其人其作的认识,揭示了这位身兼侦探小说译者和作者双重身份的学者在中国侦探小说史上的开创性作用和历史贡献。同时,这些研究也为我们理解清末民初激烈的中西文化碰撞、交流乃至融合提供了一个独特的文学视角。程小青的翻译和创作实践,体现了中国知识分子在西学东渐的时代背景下对民族文化命运的深切关怀,对文学创新发展道路的积极探索。这种探索不仅推动了侦探小说等新文学样式在中国的繁荣发展,也丰富和发展了中国文学创作的表现力,是中国文学现代转型的重要体现。

此外,围绕程小青相关的跨文化研究不断丰富,还为今天的学者提供了很多有益的研究启示和路径参照。通过对程小青侦探小说翻译与创作实践的解读和反思,学者可以深入思考在世界多元文化激烈交流的语境下,民族文学传统如何创造性转化、创新性发展的时代课题,进而推动不同国家、民族间平等、互鉴、包容的人文交流,共同构建人类命运共同体。从这个意义上说,程小青研究绝不局限于文学领域本身,而是具有广泛的学理意义和现实价值,值得我们不断深化和拓展。

近年来,学界对程小青侦探小说的研究呈现出一些新的趋势和特点,主要体现在三个方面:

第一个方面,学者们更加重视挖掘和阐释程小青对侦探小说理论所作出的贡献,以及其相关评论文章的史料价值。包中华、杨洪承合著的《新见早期侦探小说评论资料的理论价值——以〈中国侦探小说理论资料(1902—2011)〉十二条未收资料为中心》[17]一文,搜集和整理了程小青撰写的侦探小说理论文章,并从作家评介、文体特征、创作技巧、思想内涵等多角度进行了深入分析。他们重点探讨了程小青关于"柯南·道尔的译名变化和小传""侦探小说的社会功能""侦探小说特征和类型的早期探讨"等问题的理论阐释,揭示了这些理论探索对于推动中国侦探小说早期发展所具有的重要价值与意义。通过细致梳理程小青的理论言说,研究者重建了这位侦探小说开拓者的文学理论形象,指出了他在中国侦探小说理论建构方面的贡献。

翟猛的《〈青年进步〉刊程小青汉译小说考论》[18]以《青年进步》杂志所刊载的程小青译作为研究对象,结合小说的出版背景和翻译情况,系统梳理了程小青侦探小说翻译和创作的文学史形象。这项考证性研究填补了程小青文献资料整理的空白,丰富了相关研究的基础材料,对推进程小青研究及近代侦探小说发展史的系统探讨具有重要的支撑作用。这些文献资料的发掘和考论,既是对程小青研究的不断深化,也必将推动后续研究持续向纵深拓展。

第二个方面,以程小青侦探小说的创作为案例,结合相关文本,考察当时社会的法治制度。于经纬[19]、董燕[20]等人分别从侦探形象的"社会主义化"塑造,以及侦探小说的法治内涵入手,剖析程小青作品中所体现的黑暗现实与"理想法制"之间的张力。他们指出,中国侦探小说从诞生到发展的过程中,始终蕴含一种"法治"理念的建构设想,体现出文学家对所处时代法治思潮的积极呼应。通过细读程小青侦探小说,我们可以看到这位作家心系国事,呼唤公平,拥有正义的人文情怀,也可管窥晚清社会在制度和观念层面存在的种种问题。这一研究视角有助于我们立体地认识程小青侦探小说的思想内涵,也为晚清社会的法治进程研究提供了新的切入点。

第三个方面,以程小青的侦探小说译作和创作为案例,探讨中国近代小说和当代犯罪文学的发展。张雪妞[21]、袁洪庚[22]等人结合程小青对侦探小说类型的改写实验以及创作观念转变,重点论述了他对中国现当代犯罪文学多元化发展所作出的贡献。在他们看来,程小青有意地对侦探小说进行类型融合和本土改造的尝试,恰恰反映了革命文艺通俗化实践过程中,旧的文学样式逐步让位于新的文学形态的阶段性特征。这种文学类型的过渡和更迭,为我们理解当代题材小说与革命理念之间的互动关系提供了一个绝佳的观察视角。同时,程小青侦探小说中逐渐表现出文学形式与思想内容的"嬗变"趋势和理念,一定程度上引导和影响着此后中国犯罪文学的发展方向。

第三节 研 究 总 评

综观现有的程小青侦探小说翻译与创作研究,我们可以看到前人在这一领域已经取得了丰硕而富有开拓性的成果,为深入开展程小青研究提供了丰富的研究资料、经验及坚实的学理基础。不过,这些研究仍存在一些不足之处,主要体现在以下几个方面:

首先,在翻译研究方面,现有成果大多集中于对程小青个别译本的考察,侧重分析其采取的翻译策略和技巧,研究视角相对局限于语言层面,尚缺乏从更宏观的文化视角对程小青不同时期的翻译作品进行的整体把握和纵向比较。

比如,鲜有学者关注程小青早期译本和后期译本在语言风格、叙事特征等方面呈现出的差异,以及导致这些差异的社会环境、文化语境和文学观念的变迁。这些深层次的问题还有待进一步挖掘和阐发。总的来说,目前围绕程小青侦探小说翻译展开的研究不仅数量偏少,在研究方法上也没能很好地与国内翻译研究的最新进展相结合,呈现出一定程度的停滞状态。未来急需拓宽研究视角、革新研究方法,以推动程小青侦探小说翻译研究的深入发展。

其次,现有的程小青侦探小说创作研究尚缺乏扎实深入的翻译研究作为支撑。通过梳理可以发现,目前学界对程小青的创作研究要多于翻译研究,从事这一领域研究的主要是中国现代文学领域的学者。他们大多从文学评论的视角切入,结合程小青的译作,对其创作的侦探小说作品的主题思想、人物塑造、语言风格、叙事策略等方面进行分析阐释。遗憾的是,这些研究很少能得到翻译学界的积极参与和有力支持。作为语言和翻译领域的专家,翻译学者具有扎实的外语语言功底和独特的理论视角,能够从跨语言、跨文化的维度发掘程小青译作的深层内涵,并运用翻译理论方法对其进行细致入微的分析。缺少了翻译学者的专业意见,仅仅依靠译本提供的间接材料,那些并不精通外语的文学研究者在考察程小青译作与创作的关联时,其论证难免会失之片面,证据也不够充分生动。可以预见,随着翻译学界与文学评论界的合作不断加强,将为程小青创作研究提供更加扎实和全面的学理支撑。

最后,目前学界对程小青侦探小说的翻译研究与创作研究之间缺乏紧密结合和相互借鉴。从已有成果的形式来看,研究内容多以期刊论文为主,鲜有以程小青翻译和创作为主题的研究专著。具体而言,关于程小青侦探小说翻译的探讨,往往附属于近代文学研究中的晚清小说翻译研究,大多以章节或案例的形式出现在清末民初翻译小说研究的框架内,尚未形成系统连贯、自成体系的专题研究。研究成果多呈现出分散、零星的点状特征,缺少聚合成面的整体视野和理论深度。相比之下,对程小青侦探小说创作的研究虽然较为丰富,但鲜有学者能从翻译研究的角度切入,考察其翻译经验对于创作实践的影响。从研究方法上看,多数成果主要运用了文学研究的传统范式,侧重于作品内部的文本细读,而对作品产生和发展所处的社会历史语境、文化语境乃至意识形态语境关注不够;尚缺乏以跨学科视角,将程小青置于特定的时代背景中,对其翻译活动和创作实践之间的互动关系进行系统而细致地梳理和探讨的研究。这无疑是一个有待开拓的研究领域。

第二章 研究框架与主要内容

第一节 研 究 框 架

一、研究意义

本书研究立足于比较文学的跨文化、跨民族、跨语言视角,将程小青的侦探小说翻译与创作视为一种独特的文化现象进行考察,具有以下四个方面的重要意义:

第一,在当代文化研究方法的指导下,本书研究将侦探小说置于清末民初特定的社会历史文化语境中进行分析,力图从宏观层面厘清程小青的侦探小说翻译活动在当时多元文化系统中所处的地位和发挥的作用,深入理解域外侦探小说译介与本土文学文化之间的互动关系和影响机制。同时，研究还将通过对程小青侦探小说译作的微观文本分析，具体考察他在介绍、改写和本土化方面所做的种种尝试，从而厘清侦探小说这一舶来文学样式在中国的接受过程和发展脉络，评估程小青的翻译和创作活动对中国侦探小说的兴起和繁荣所产生的开创性影响。这种宏观与微观、理论与实证相结合的研究视角，有助于我们立体地认识侦探小说在近代中国的跨文化旅行，把握程小青的文学贡献和文化意义，以及程小青侦探小说翻译和创作活动对中国侦探小说产生的影响。

第二，清末民初是中国社会从传统向现代转型的关键时期，这一时期，根深蒂固的民族主义意识与向西方学习的世界主义理念在振兴中华的时代呼声中交织碰撞。作为这一时期的杰出翻译家和作家，程小青通过侦探小说的引介和创作，在向落后的中国输入先进西学的同时，是如何自觉地维护和发展本民族源远流长的文化传统和文学遗产的？在科举制度废除、士人传统角色发生转变的背景下，程小青又是如何借助侦探小说的翻译传播，继续发挥知识分子参与政治、推动社会文化发展的使命的？本书以程小青为个案，深入考察他的思想动因和文化实践，有助于我们透视清末民初广大译者群体在中西文化碰撞下的自我认同与角色定位，理解他们在文化转型中的能动作用和独特贡献。这对于思考今天的文化工作者在全球化语境下的文化自觉和使命担当，具有重要的启示意义。

第三，本书运用多元系统理论，将程小青文学活动置于清末民初特定的社会文化语境中，通过考察他的侦探小说翻译和创作活动在不同阶层的传播接受情况，以及在社会文化各个层面产生的影响和作用，试图为清末民初小说翻译研究提供新的理论视角和研究范式。多元系统理论强调将文学视为一个由多种因素互动形成的复杂系统，主张从动态、开放、互补的视角来审视文学现象。运用这一理论考察程小青，我们不仅要分析他的译作和创作在文学系统中的地位和功能，还要关注其与意识形态、诗学等其他系统之间的互动关系，探讨社会文化语境对其翻译创作活动的制约与塑造。这种跨学科、跨系统的综合研究视野，有助于我们突破传统文学研究唯作品论的局限，更加全面、立体地认识程小青的翻译实践及其文化意义，同时也为丰富和拓展中国近代小说翻译研究提供了新的路径和可能。

第四，本书以程小青对侦探小说的翻译和创作活动为切入点，开展对清末民初侦探小说的文化研究。这种跨文化、跨语际的研究视角有助于我们深刻认识翻译作为文化协商与交流的本质内涵。通过考察程小青的翻译实践,我们可以看到,文学翻译绝非简单的语言转换,而是译者在不同文化系统之间展开复杂协商、积极互动的过程。译者在对原文进行忠实再现的同时,还需要考虑译语文化的接受语境,对原文的内容和形式进行有意识地改写、重塑乃至本土化,以实现跨文化交流中的有效沟通和意义传递。因此,研究程小青的侦探小说翻译,对于理解翻译这一跨文化交际行为的内在机制,认识译者作为文化协商者的重要角色,均具有重要的理论意义。同时,这项研究还能为今天从事文学翻译实践和研究的人们提供有益启示和借鉴,帮助译者树立文化自觉意识,提升跨文化交流能力,推动翻译研究范式向更加开放、动态的方向发展。可以说,程小青个案的研究价值和现实意义是多层面的,值得我们深入探讨。

二、研究目标

本书研究立足于比较文学视域下的翻译研究,结合当代文化研究理论,力图系统考察清末民初时期侦探小说译介在中国文学系统中的发展演变轨迹,并以此为背景,从翻译文学史的角度对程小青的侦探小说创作和翻译活动进行准确定位和评估。通过广泛搜集程小青的侦探小说译本、原创作品及其他相关文献资料,本书将全面而深入地考察其翻译和创作实践。

一方面,本书将梳理程小青侦探小说翻译活动的社会历史背景、具体译介策略以及所遵循的翻译评判标准,重点探讨其译作与中国本土文学文化之间的复杂互动关系。通过对这位颇具代表性的侦探小说译者和作者开展个案研究,力求为清末民初时期侦探小说翻译研究提供微观而翔实的资料和路径参照。另一方面,本书还将着重考察程小青的翻译活动与创作实践之间的内在联系。本书将从译者和作者的创作动机、文学理念、诗学追求、理论批评等方面入手,细致分析二者之间的相互影响和转化过程。以程小青的翻译活动为主线索,本书深入挖掘其侦探小说创作的内在驱力和外部动因,探讨其间错综复杂的迁移转换机制。

本书研究有以下几方面的目标:

(1) 探讨程小青的侦探小说翻译和创作活动在清末民初西方侦探小说译介潮流中所处的地位及其所产生的重要影响。

通过系统考察程小青的文学实践,本书重新审视他对中国本土侦探小说的诞生、发展乃至繁荣所作出的开创性贡献。同时,本书还将从个案角度梳理域外侦探小说译介作为一种新的文学样式,与中国现代文学发展之间的互动关系。侦探小说的引进一方面推动了中国文学形式的革新,另一方面也在现代文学观念的形成中发挥了重要作用。通过研究程小青个案,我们可以管窥域外文学翻译与民族文学发展、文学观念变革之间的复杂纠葛,从而加深对中国文学现代化进程及其内在机制的认识。

(2) 考察程小青开展侦探小说翻译活动的特定社会历史文化语境,以及他本人对这一翻译实践的理论认知和文化定位。

在清末民初中西文化激烈碰撞的大背景下,作为新文化运动的积极参与者和倡导者,程小青对侦探小说这一舶来品的译介寄寓了特定的时代使命和文化诉求。为了准确把握程小青的翻译动机和目的,本书广泛搜集其译本前后所附的序跋文字,以及他在译文之外发表的相关文章、评论等资料,对其中所体现的翻译理念、审美倾向、文化认同等进行了系统梳理。这不仅有助于我们深入理解程小青译介侦探小说的主观意愿,揭示他试图在译语语境中为这一域外文类确立的文化地位,也为进一步探讨译者的文化意识和能动性提供了难得的个案支撑。这方面研究所依据的材料是附于译本前后的序言跋尾和译文之外的相关文章。

(3) 探讨程小青创作侦探小说的内在动机,以及他在理论和实践层面对西方侦探小说进行本土化改造的种种尝试。

作为中国本土侦探小说的开创者,程小青在译介域外侦探文学的同时,也在有意识地探索一条符合中国国情和文化传统的创作道路。为了厘清他的创作意图和文化追求,本书以程小青的代表作《霍桑探案集》为重点分析对象,着重考察该小说集所体现的叙事策略、人物塑造、情节设置等方面的独特之处,揭示了其中所蕴含的中西文学交融的痕迹。同时,本书还系统梳理了《霍桑探案集》前后的序跋文字,探讨了程小青在创作过程中对中西侦探小说异同的认识,以及对本土侦探小说发展方向的理论思考和审美构想。

需要指出的是,程小青的侦探小说翻译与创作在很大程度上是相互交融、相互促进的。本书特别关注他在两个领域的创造性实践之间的复杂互动,力图厘清其翻译动机与创作动因之间的转换机制。通过对译本和原创作品的对比分析,可以看到程小青如何在移植域外文学样式的过程中实现民族文学的焕新的,又是如何将其翻译实践中的得与失化为创作的滋养的。这种译作与著作之间的对话与共鸣,正是中国现代侦探小说发展初期的显著特征,值得我们深入探讨。这方面研究所依据的材料是他侦探小说创作的代表作品《霍桑探案集》及作品前后的序言跋尾。

(4)考察程小青在侦探小说翻译过程中所采取的具体译介策略和评判标准。

通过细读程小青的侦探小说译本,本书深入分析译者在源语到目的语转换中所作的种种取舍,以及这些取舍背后所展现出的译者的主体能动性。译者在对原文进行语义传达的同时,往往还会根据译语文化语境的需要,对原文进行针对性地改写、重构乃至再创造。对这些文本操纵现象的考察,不仅有助于阐述译者独特的翻译理念和文化立场,也能让我们看到翻译在跨文化交流中的复杂中介功能。

程小青的侦探小说翻译实践正是发生在中西文化激荡碰撞的时代语境中。因此,本书特别关注了译者如何在源语文化与目的语文化之间进行复杂协商,如何在维护文化他者性与本土化改写之间寻求动态平衡,如何在个人价值取向与社会主流意识形态之间做出权衡取舍。这些都体现了译者作为主动的文化协商者所具有的文化自觉意识与文化责任感。这方面研究所依据的材料主要是侦探小说译作文本以及附于译作前后的序言跋尾和译作中出现的批注。

与此同时,本书还进一步探讨了程小青在选材策略、翻译方法等方面的独到之处。通过考察程小青的选题意识、改写手法、序跋阐发等,尽可能引领读者体会其侦探小说翻译的心路历程。作为新文化运动的积极参与者,程小青的译介活动既体现了他个人的文学理想和审美追求,也深刻影响了侦探小说在中国的传播度与接受度。他在译作中融入的启蒙话语、改良意识,与晚清新知识分子的文化诉求可谓一脉相承。因此,研究程小青的侦探小说翻译活动,既要从文本细节着眼,也需结合当时的社会背景进行综合考量,全面认识这位文化译者特有的使命感和责任意识。唯有如此,我们才能准确把握程小青的翻译行为与话语建构背后的复杂文化意蕴,理解他在译作中巧妙协调文化输入与文化参与双重角色的努力,领会他追求个人文学抱负和社会启蒙理想相契合的过程,进而充分认识其开风气之先的文化先锋地位。

(5)当时侦探小说译作的译评。

研究当时的侦探小说翻译评论准则及程小青本人对侦探小说的译评,所依据的材料是程小青及其他文人学士所发表的翻译评论文章。本书广泛搜集清末民初时期各种报刊以及其他文献资料中有关侦探小说翻译的评论文章,对其中所涉及的翻译评判标准进行挖掘和梳理。通过考察这些评论文章,我们可以掌握当时学界对于侦探小说这一新兴文学样式的基本认知和接受程度,以及对译者采取的翻译策略的评价态度。这不仅能为我们理解程小青的翻译活动提供重要的社会文化语境,也能进一步揭示清末民初知识界对域外文学翻译所持有的主流观念。

需要特别关注的是,程小青本人也曾多次撰文评论同时期的侦探小说译作,阐发自己的翻译主张和评判标准。这种做法不仅体现了他作为译者的文化自觉与使命担当,也从一个侧面反映了他对中国侦探小说发展方向的思考。本书将重点分析程小青的翻译评论,考察他如何界定侦探小说的基本特征,如何看待域外侦探文学与本土文学传统的关系以及如何评判译者的文化选择和改写策略。这对于我们深入把握程小青的翻译思想和个人诗学形态具有重要参考价值。

此外,将程小青的翻译评论置于同时代其他文人学者的相关论述中进行对比分析,也能让我们看到一个颇具个性和独立见地的译者形象。作为新文化运动的积极参与者,程小青对域外文学的态度往往体现出某种激进的革新意识,这与守旧派的观点形成了鲜明对比。通过相关史料的梳理,我们可以勾勒出清末民初文坛在域外文学翻译问题上的多元思考和观念分野,进而加深对程小青文化态度的理解。可以说,考察译作评论对于了解译者心路历程,准确评估译者的翻译策略具有十分重要的意义。本书将运用这一研究视角,对程小青的侦探小说翻译实践进行更加全面和深入的考察。

三、拟解决的关键问题

本书对程小青的侦探小说翻译、创作以及评论活动进行了系统性的梳理和深入分析,力求准确把握其文学实践的本质特征。重点考察程小青侦探小说译作和原创作品在文本形式、叙事策略、审美倾向等方面呈现出的独特性,探讨他在翻译过程中采取的具体策略和方法,剖析他从事侦探小说创作的内在动因和文化诉求。同时,对程小青本人及他人对其译作和创作的评论文章进行搜集,总结他们对译作的评判标准和价值取向。

通过上述内容，本书试图对以下问题做出回答：在程小青侦探小说的翻译与创作实践中，究竟发生了怎样的文本迁移和文化转换？他在翻译和创作中采取了哪些叙事策略和改写手法？表现出怎样的美学倾向和文化立场？受到同时代评论者的哪些关注和评价？这些活动对中国侦探小说的发展产生了何种影响？对这些问题的探讨，可以帮助我们在文本、语境、影响等多个维度对程小青的文学实践进行细致考察，从而揭示其翻译与创作行为背后错综复杂的主体意识和文化诉求，进一步了解他在中西审美观念的交锋中所展现的文化协商与平衡艺术。这对于深入理解程小青的文学贡献和文化意义，具有关键性的作用。

本书立足于清末民初特定的社会政治文化语境，结合中国古典小说的诗学传统，对程小青侦探小说翻译与创作活动中所遵循的准则、策略、动机，以及同时代评论者的评判标准进行解读和阐释。本书对程小青的文学实践与当时主流文学规范之间的互动关系进行了考察，同时考察其文学实践与其文化价值取向之间的复杂关系，从而进一步揭示身处传统与现代交叉地带的程小青是如何通过翻译进行文化协商与文化协调的。

清末民初是一个新旧思想激烈碰撞、传统观念日益松动的特殊时期。作为这一时期的文化践行者，程小青的侦探小说翻译与创作在一定程度上会受到时代风气和主流意识形态的制约和影响。这种制约和影响从另外一方面反映出译者的主体意识和能动性。具体而言，程小青在翻译和创作中对中国古典小说诗学的借鉴与突破，体现了一个新派文人在文学观念转型过程中的矛盾心理和协调策略。同时，他在译作和原创中对西方侦探小说模式的移植和改造，展现了一个启蒙知识分子力图以新文体引入新思想、改造国民性的文化理想。可以说，程小青的文学活动是清末民初社会文化语境与译者个人才情和抱负相互交织的复杂产物。

本书着重探讨侦探小说的翻译与创作活动如何成为程小青进行文化参与、开展中西文化协商的重要途径。围绕其翻译策略、叙事模式、人物塑造等方面的分析，本书试图呈现程小青如何在移植域外文学样式的同时，实现对本土叙事传统的革新，又是如何在吸收西方文学观念的过程中在侦探小说中实现民族文化精神的重构。这种将域外文学形式与本土思想内容巧妙融合的努力，一方面体现了译者高超的文本操纵技巧，另一方面也体现出他作为一个文化协调者的自觉姿态。

与此同时,通过对程小青译作和创作的同时代评论进行系统考察,本书还试图回答这样一个问题:在晚清西学东渐的大背景下,清末民初知识分子是如何利用文学翻译这种看似客观中立的知识传播活动,实现个人价值判断乃至文化意识形态的传播,进而将其作为推进社会变革的有力工具的?

对这些问题的探讨,将帮助我们把握清末民初文人翻译群体的独特文化远见和责任担当,理解域外文学译介在现代中国文化转型和思想启蒙中的重要作用。总之,本书拟从文本内部和外部两个层面对程小青侦探小说的翻译与创作活动进行立体考察,以期回答他为什么以及如何进行这些活动的问题。唯有将程小青个人的文学才情和文化追求,置于清末民初特定的时代背景和语境中加以考量,我们才能准确把握他在中国侦探小说发展史和翻译文学史上的开创性地位和现代性意义。

四、本书的研究方法及思路

(一) 实例论证法

针对程小青侦探小说的翻译研究,本书对其不同时期侦探小说的翻译文本进行了梳理,选取具有代表性的译本,从译本的翻译策略、风格、语言等微观层面进行了个案分析,形成具有代表性的个案研究的"点"。从宏观层面对当时的社会历史文化背景进行考察,探寻侦探小说翻译活动兴起的原因,以及在此背景下译者的译介策略、译介目的、翻译观念,勾勒出当时侦探小说翻译活动的"面"。针对程小青侦探小说的创作研究,本书以《霍桑探案集》为对象,从形象塑造、叙事方法、情境设计、叙事角度等方面同福尔摩斯系列侦探小说进行对比,探寻其翻译对其创作的影响。主要考察程小青采取什么样的手法和路径将福尔摩斯侦探小说的相关文学创作手法迁移到中国侦探小说之中,又是如何通过创作手法的迁移对中国传统公案小说进行改造的。通过相关实例的分析、比较和论证,探寻中国侦探小说的产生和发展历程,揭示其嬗变的路径。

（二）理论分析法

引入文化研究理论，从比较文学翻译研究的视野出发，不局限于译本的优劣评判，将翻译的准则和评判标准放到译本产生的社会历史文化语境中研究和界定。对比和分析同一原作，因译者所处的环境不一，所产生的截然不同的中文译本，以及这两个译本的接受情况和影响情况，同时给译者的文化输入和文化干预提供理论依据。从比较文学渊源学角度入手，以程小青侦探小说作品及相关创作理论文章为出发点，探寻放送者（西方侦探小说）的影响，同时探寻程小青侦探小说的主题、题材、任务、情节、语言等方面的外来因素，进行跨文化的实证性追溯和研究。通过这种溯源，旨在探寻西方侦探小说和中国传统公案小说之间的交错与互通的方式，从文学史角度对中国侦探小说的产生予以观照。

（三）归纳综合法

采用归纳综合的方法，旨在全面探讨程小青侦探小说翻译与创作活动的文化维度。通过对程小青侦探小说的实例分析，考察他在翻译和创作过程中所受到的具体的文化因素影响。同时，本书还运用文化研究相关理论，从宏观层面阐释程小青侦探小说活动中体现出的文化研究特征。本书力求综合实例论证和理论分析，勾勒出程小青侦探小说文学活动的整体图景。本书通过梳理程小青的侦探小说翻译作品和创作作品，探讨他如何在侦探小说跨文化传播中进行文化调适和文化协商；从文化研究的视角，分析程小青侦探小说活动所呈现的文化意义和价值取向，揭示他对中西方文化的认知和融合路径。

本书对程小青侦探小说翻译与创作活动的个案考察，旨在为清末民初侦探小说翻译与创作融合提供一个参照样本。程小青的文学实践，体现了中国近代知识分子在新旧文化交汇中进行文学探索的努力。研究他的侦探小说活动，有助于加深我们对近代中国文学发展的认识，理解译者和作者在跨文化语境中的文化自觉和创新意识。本书研究的归纳综合，不仅有助于进一步把握程小青对近代文学和翻译学的贡献，也为深入探讨清末民初侦探小说中的文化交流与融合提供了新的研究路径。

第二节　主 要 内 容

　　第一章为全文的引言部分，简要勾勒清末民初中国社会所处的历史语境，突出这一特殊时期在政治、经济、文化等领域出现的种种困境和转机。梳理了晚清社会危机与变革的总体图景，介绍了当时文坛的主流诗学形态以及知识分子群体所从事的各类文学活动，力求为后文分析程小青的侦探小说翻译与创作实践提供必要的时代背景。

　　第一节聚焦于侦探小说这一舶来文学样式在中国的传播与接受情况。通过梳理最早翻译引介西方侦探小说的译者、译本以及参与其中的出版机构，力图展现清末民初时期中国文坛在接纳吸收域外新文体方面所呈现出的开放姿态和兼容气度。对这些翻译活动及其文化影响的考察，将为读者深入了解程小青的侦探小说翻译与创作实践奠定重要基础。第二节运用可视化的方式，对国内学界围绕程小青展开的研究状况进行系统梳理。通过对比分析现有研究成果的数量、类型、年度分布等多项指标，从文学和翻译学研究的角度分析了程小青在学界所受到的关注程度，以及这种关注在不同时期所呈现的起伏变化。同时，通过梳理国家和省部级科研项目对程小青研究的资助情况，尝试厘清学界对这一领域的研究趋势。对国内程小青研究历史与现状的系统总结，不仅为本书的研究视角和研究方法提供重要参照，也为后续相关研究的深入开展提供必要的学术谱系支撑。

　　第二章重点介绍程小青侦探小说研究的基本框架和核心内容。首先从宏观层面阐述开展程小青侦探小说翻译与创作研究的重要意义。通过考察侦探小说这一舶来文学样式在中国的译介、传播以及本土化发展历程，着重分析程小青的文学实践对中国侦探小说的发展所产生的开创性影响及其学术价值和现实意义，凸显其在文学史和文化史研究中的意义。

　　在此基础上，该章将阐明研究的核心目标，具体包括：系统考察程小青侦探小说翻译与创作活动在清末民初文学语境中的历史地位与文化影响，揭示程小青的文学创新与中国侦探小说的发展、中国文学的现代转型之间的复杂关联；分析程小青的侦探小说翻译实践与创作实践之间的内在联系，重点探讨其翻译动机与创作动因的互动转化机制，以及他在侦探小说翻译与创作过程中对中西方文学传统与文化观念的调适策略；梳理程小青的侦探小说译作和创作在同时代的评论语境中所引发的反响，考察清末民初主流文学观念和文化价值取向对其文学实践的影响和制约。

该章还介绍了本书中拟重点解决的关键问题，即通过系统描述程小青侦探小说翻译与创作的过程及其文本特征，深入分析其中所蕴含的诗学观念与文化寓意，揭示程小青的翻译、创作行为与清末民初社会文化语境之间的互动关系，从而阐明侦探小说译介在现代中国文学观念嬗变和文化转型中的重要作用。在研究方法和思路上，强调立足文本细读与社会文化语境考察相结合、翻译研究与文化研究相互借鉴，力求在本土与域外、传统与现代的多重张力中厘清程小青侦探小说翻译与创作活动的复杂内涵。通过有机融合文学研究与文化研究的理论视角和方法资源，为重新认识和评价程小青的历史地位和文化意义提供新的学术路径。

第三章聚焦于清末民初时期翻译侦探小说在中国文学系统中所经历的地位嬗变过程。

第一节概述该章的主要内容和研究思路，明确指出考察域外文学样式在本土文学语境中的传播、接受乃至本土化过程，对于理解中国现代文学的发展脉络和转型特点具有重要意义。第二节系统梳理清末民初时期西方侦探小说的译介情况，重点分析处于文学系统边缘地位的早期侦探小说译作所呈现的文本特征，如选材标准、翻译策略、叙事模式等，以期揭示这一时期中国文学系统对域外新文体的基本认知和接纳程度。第三节从翻译数量的增加和侦探小说自身的文学品质两个维度，深入探讨翻译侦探小说在清末民初逐渐获得文学系统中心地位的原因。一方面，侦探小说译作数量的不断攀升客观上扩大了其读者群体，提升了其文化影响力；另一方面，侦探小说所蕴含的悬疑趣味、科学精神等因素，又与清末民初知识分子的启蒙诉求契合，由此推动了这一文学样式的进一步传播。第四节聚焦处于文学系统中心地位的侦探小说译作，分析其在突出悬疑性、翻译语言选择、异化翻译策略使用等方面呈现出的新特点、新变化，进一步呈现清末民初的文学观念和审美趣味的变迁轨迹。第五节从拓展文学社会功能、推动文学观念革新、引入新的文学表现方式等角度，多层面评估翻译侦探小说在清末民初获得中心地位后，以及对当时乃至后来的中国文学发展所产生的深远影响。通过厘清侦探小说译介与现代文学转型之间的关联，第三章为重新认识域外文学翻译在构建现代民族文学话语中的重要作用提供了个案分析和参照。

第四章聚焦程小青的侦探小说翻译实践,并对其采用的具体翻译策略进行了解析。

第一节概述该章的主要内容和研究思路,考察译者在翻译过程中的主体性选择,对于深入理解译者的文化立场和翻译动机具有重要意义。第二节首先引入伊塔玛·埃文-佐哈尔的多元系统论(Polysystem Theory),阐明译语文学系统的总体格局和诗学形态,对译者翻译策略的选择产生了怎样的影响和制约。通过厘清侦探小说翻译与译语文学系统之间的互动关系,为把握程小青的翻译策略提供学理基础。第三节和第四节分别聚焦程小青的异化翻译策略和归化翻译策略,并结合具体译本展开相应分析。在异化翻译策略方面,重点考察程小青在处理侦探小说特有的形式要素、专有名词等方面,是如何力图再现原文的异域风情,突出其陌生化效果的。通过这些翻译选择,我们可以看出程小青在译介域外新文体过程中,力图革新译语文学观念、拓宽读者审美视野的努力。与此同时,程小青的侦探小说翻译也体现出鲜明的归化倾向。第四节将着重分析他在小说题名改写、文化负载词处理、语言风格调整等方面采取的归异化翻译策略,揭示其力图适应译语读者阅读习惯,提升作品接受程度的文化考量。这些归化努力一方面体现了程小青的文化自觉和文化调适,另一方面也显示出清末民初的文化语境对译者翻译理念和策略等方面的影响。通过对程小青侦探小说翻译中异化与归异化翻译策略的对比分析,向读者呈现出一个立足本土、放眼域外的译者形象,从而进一步展现程小青在现代文化转型期所发挥出的文化协商者和文学迁移者的作用。这种对译者主体性的关注和文本细读,也为深化对侦探小说这一文学类型在跨文化语境中的传播接受规律的认识提供了重要参照。

第五章探讨清末民初特定的文化语境对程小青早期侦探小说翻译实践所产生的各方面影响。

第一节概述该章的核心内容和研究视角,强调将译者个人的翻译行为置于译入语文化语境中考察,对于厘清译者的文化姿态和协商策略具有重要意义。第二节从理论层面探讨译入语文化语境与侦探小说翻译之间的复杂互动关系。通过分析清末民初的主流文化思潮、意识形态诉求以及社会现实境遇等因素,揭示当时的文化语境对侦探小说这一舶来品的译介所产生的引导、制约乃至改造,力图向读者呈现域外文学经由翻译进入本土文化语境后所经历的文化协商过程。第三至第五节聚焦程小青三部具有代表性的侦探小说译作——《罪数》《海军密约》和《驼背人》,结合译本中的具体内容,通过与他译本的对比,深入分析程小青在翻译过程中采取的文化调节策略。具而言之,通过细致考察译本中人物形象和情节展开的中国化倾向,重点关注程小青作为译者的主体性介入和文化改写。一方面,他对原作人物进行了本土化重塑,使其更契合译语读者的文化期待;另一方面,他又对原作情节进行了针对性地增删修改,使其与译语社会关切形成呼应。这些在翻译中对文化因素的灵活处理,不仅体现了程小青对译入语文化语境的准确把握,以及由此形成的对域外文本的主动改造和对本土读者的积极引导。

第五章力求向读者展示一个游走于不同文化系统之间,积极开展文化协商的译者形象。程小青在译介域外侦探小说的过程中,并非一味追求对原文的机械复制,而是立足译入语文化语境,对原作进行了巧妙的本土化改造。这种翻译中的主体性意识的展现,一方面促进了域外文学与本土文化的交流对话,另一方面也推动了译入语文学观念和审美趣味的革新。可以说,透过程小青的案例,我们可以进一步认识翻译这一跨文化实践在现代民族国家和民族文化话语建构过程中的重要文化功能,从而理解域外文学译介与现代文学发展、文化转型之间的内在关联。

第六章主要分析程小青翻译语言的选择。

第一节概述该章的主要内容和研究思路,强调考察译者在语言层面的主体性选择,对于理解其翻译动机和目的具有重要价值。第二节引入语言顺应论的相关观点,探讨译者在进行语言选择时,如何主动顺应译入语文化语境中的种种制约因素,力求实现翻译效果的最大化,为后续分析程小青不同时期侦探小说翻译语言的选择提供具体的学理支撑。第三节和第四节分别聚焦程小青的早期和中后期侦探小说译作,对其语言选择进行细致考察。在早期阶段,程小青的语言选择表现出对译入语文化传统的延续,以及对译本接受效果的重视。一方面,他主要采用文言文作为翻译语言以及符合中国传统文化、审美观念的表达方式,力图与清末民初中国读者的民族文化心态相契合;另一方面,他在风格上追求文笔驯雅,以增强作品的文学性,满足文人士大夫的阅读习惯。这些选择既体现了程小青作为译者的文化自觉,主动关照清末民初读者的阅读习惯。同时,从另一个侧面反映出清末民初读者的阅读习惯。随着白话文运动的深入以及个人语言观念的嬗变,程小青的中后期译作在翻译语言选择上逐渐呈现出新的特点。因此,第四节主要探讨以下几个方面的内容:中后期白话文的翻译,译本中口语化的表达方式,翻译语言选择的原因及效果。中后期翻译语言的选择一方面顺应了五四新文化运动背景下的时代语境,另一方面也体现出程小青作为革新者的先锋意识和文化自觉。

通过对程小青侦探小说翻译语言选择所做的历时性考察,第六章向读者展示了一个积极回应时代语境、勇于革新译文语言的译者形象。在清末民初语言变革的关键时期,程小青并没有墨守成规,而是立足译入语文化语境,在传统与现代之间审慎抉择,力图通过灵活多变的语言运用,最大限度地实现译作的传播效果与社会影响。这种语言选择上的变通与革新,既印证了程小青的文化责任感和现代意识,也为我们理解翻译语言与译入语文化语境的互动关系提供了重要参照。透过程小青的案例,我们可以进一步认识到,翻译作为一种跨语言、跨文化的交流实践,在推动译入语言的革新和发展方面也具有重要的作用。

第七章主要分析程小青侦探小说的创作动机。

第一节为概述,介绍该章的核心内容和研究思路,强调考察译者从事创作活动的主观意图和文化诉求,对于全面理解其文学实践的意义和价值具有重要作用。第二节梳理清末民初时期的小说翻译活动,将其作为考察程小青创作动机的背景和外部因素。通过分析当时诗学形态的总体风貌、译本的选择倾向以及译作与社会现实的关联,向读者呈现清末民初知识分子普遍怀有的启蒙理想和革新意识,带领读者更好地认识程小青个人创作活动的文化语境。第三节聚焦程小青从事福尔摩斯侦探小说翻译的动机,从中分析其侦探小说创作的内在动因。通过考察程小青在翻译过程中对原作所做的取舍选择和本土化改造,向读者呈现其对侦探小说类型的文学认知和文化态度,为程小青创作动机的思想根源提供合理解释。第四节从多个维度深入剖析程小青的创作动机,包括启发民智的社会理想,改善国民性的现实关怀,批判时弊的政治立场,以及传播科学知识的启蒙诉求等。通过将其创作活动与翻译实践联系起来考察,进一步剖析程小青作为译者和作者的文化自觉,揭示其力图以文学方式推动社会进步、重塑民族精神的崇高理想。这些分析将帮助我们深刻领会程小青的创作动机实际上是其翻译动机的进一步延伸,体现着一个清末民初的知识分子力图以文学实践进行思想启蒙和社会改良的文化担当。

第八章为结语,对程小青侦探小说的翻译与创作研究进行总结。

第三章　翻译侦探小说在中国文学系统中的地位

第一节　概　　述

任何文学翻译活动如果要得到研究者的关注，一般需要满足两个条件，其一是有一定数量的译作；其二是这一翻译活动具有某种"特性"，如东汉末年至唐宋时期的佛经翻译、明末清初时期的科技翻译、鸦片战争至五四运动时期的西学翻译。这些翻译活动不仅产出了为数众多的译作，同时还对当时中国社会制度、科技、文学、语言文化等多方面产生了影响。其实，鸦片战争至五四运动时期的小说翻译，尤其是侦探小说的翻译，无论是从数量上还是从社会功能、文学特性及影响等方面来说，都满足了上述两个条件，应该得到研究者的关注。

纵观中国文学史,我们不难发现,小说不同于诗词歌赋等文学样式,它一直没能被中国历代文人视作文学的主流,并一直被排除在正统文学之外。直到晚清,小说才作为一种文学样式,逐渐被中国的文人士大夫所接受。

在当时大规模的小说翻译活动中,侦探小说作为一种崭新的文学样式被译介到当时的中国,同时它的译介数量也是所有小说翻译中之最。以1896年《时务报》刊载的张坤德所译的第一篇福尔摩斯探案小说作为开端,一直到1912年的15年间,约有400多种侦探小说相继被译介到中国。数量之多,种类之繁,令人称奇。在此期间,伴随着侦探小说翻译数量和种类的增多,翻译侦探小说在当时中国通俗文学多元系统中的地位也发生着变化,从边缘地位逐渐移至中心地位,被中国的各个阶层所接受。那么清末民初翻译侦探小说在当时中国文学系统中的地位究竟发生了如何的转变?它在不同的阶段有哪些显著的文本特征?它对当时的中国文学产生了哪些影响?这些问题对于中国文学史都具有一定的研究价值。

遗憾的是,对于清末民初翻译侦探小说的研究,学界大多关注的是翻译侦探小说和中国传统公案小说的对比,以及中国侦探小说对翻译侦探小说的模仿,鲜有对翻译侦探小说在当时中国文学多元系统中的地位进行的研究。翻译侦探小说能够在短短15年的时间里,从边缘文学地位转至中心地位,它的成因和文本特色值得我们关注;它对当时中国文学多元系统的影响也值得去探究。本章将从伊塔玛·埃文-佐哈尔的多元系统理论入手,结合当时的社会文化背景,尝试探寻民初翻译侦探小说在当时中国文学多元系统中的中心地位的成因,并梳理其处于中心地位的文本特色,以期让我们重新审视早期侦探小说的翻译历史。

第二节　边缘地位的翻译侦探小说的文本特征

译介之初,翻译侦探小说在中国文学多元系统中一度处于边缘化的位置,这是符合文学传播规律的,因为侦探小说是舶来之物,并非中国本土的文学样式。当时的中国读者从未接触过这一文学样式,他们耳熟能详的只是中国传统的公案小说,翻译后的侦探小说要在不同于原作的语言文化背景中传播,能否被读者接受是译者不得不考虑的问题。受此影响,早期的译者在翻译过程中会根据具体的情况采取不同的翻译策略,有的翻译策略甚至较为罕见。这些策略的使用会让译本具有一定的文本特征。对当时处于边缘地位的翻译侦探小说进行考察,发现其文本一般具有以下几个特点。

一、对原作叙述视角渐进式的改造

西方侦探小说和中国传统公案小说的叙事手法截然不同:前者采用限知视角的第一人称叙事,叙事者并非全知全能,而后者采用第三人称叙事,叙事者全知全能。在翻译中,如何处理这种较为陌生的叙事手法,使译本能够较为顺利地被当时中国读者接受,是译者需要斟酌的重要问题。对最早由张坤德所译的四篇福尔摩斯侦探小说的叙述视角进行考察,我们可以勾勒出一条清晰的叙述视角转变路线①。

第一篇《英包探勘盗密约案》于1896年9月27日至10月7日连载于《时务报》的第六至第九册。在这篇译作中,张坤德直接用中国传统的第三人称叙事视角来翻译,就连原作中第一人称叙事的滑震(今译为华生),都成了被叙述的对象。

第二篇《记偻者复仇事》于1896年11月5日至11月25日连载于《实务报》的第十至第十二册。该篇注明"此书滑震所撰",并在故事开始之前添加了"滑震又记歇洛克之事云",强调该篇的内容是滑震所云,但接下来的译文依旧使用第三人称叙事,如"滑震新婚后",滑震本人又成了被叙述的对象。在此,我们可以看出文化干预的痕迹,译者有意识引入第一人称的叙述视角,但这种干预的方式并没有将第一人称的叙事视角强加于晚清的读者,而更像是给读者提供一种选择。读者可以置故事注明的"此书滑震所撰"和开篇的"滑震又记歇洛克之事云"于不顾,用中国传统的小说叙述视角进行阅读,也可以将这篇故事放入译

---

① 1896年,上海《时务报》接连刊载该报翻译张坤德所译的四篇福尔摩斯探案,即《英包探勘盗密约案》《记偻者复仇事》《继父诳女破案》《呵尔唔斯缉案被戕》,是我国最早的四篇侦探小说译文。英国作家柯南·道尔于1887年出版了他的第一部侦探小说《血字的研究》,之后又陆续创作了《四签名》(1890)、《冒险史》(1891—1892)、《回忆录》(1892—1893)等系列侦探小说,这些小说在英国《海滨杂志》连载。张坤德所译的福尔摩斯侦探故事属于《冒险史》和《回忆录》系列。

者所强调的第一人称叙述视角中去阅读。

第三篇《继父诳女破案》于 1897 年 4 月 22 日至 5 月 10 日连载于《实务报》的第二十四至第二十六册。该篇开始就使用了第一人称,"余尝在呵尔唔斯所",让读者感觉似乎要以滑震的口吻来讲述故事,但接下的内容仍由第三者来说,滑震再次成为被记叙的对象,如"遂与滑震出"。至此我们可以看出,译者张坤德的译文叙述方式开始有向第一人称转变的意味了。

最后一篇《呵尔唔斯缉案被戕》于 1897 年 5 月 20 日至 6 月 20 日连载于《实务报》的第二十七至第三十册。这篇译作译者终于通篇采用了第一人称,以滑震之口叙事,滑震不再是"名义上的叙述者"和"文中的被叙述者",而是成为故事真正的叙述者和经历者,至此张坤德在对译文的叙述视角改造最终完成。"张对四篇福尔摩斯探案故事的初译完成了一次叙事视角的渐变式的改造过程,而改造的终点,又恰是对原作叙事角度的回归"[23]。

张坤德作为侦探小说的首译者,他的尝试是具有代表性的,得到了我们的关注。当然,还有很多不为我们所知的译者也做了各种努力,其中必有很多艰辛和反复尝试。无论是哪种尝试和改造,都体现出译者对处于边缘地位的翻译侦探小说的出路的深思熟虑,也同时为我们展现了边缘地位翻译侦探小说的文本特征。

二、归化的篇名翻译

一部文学作品的篇名往往有着极其重要的作用,具有高度的浓缩性和代表性,能够点明作品的中心及寓意,正如西晋作家陆机在《文赋》曾言:"立片言以居要,乃一篇之警策。"小说的题名亦是如此,不仅要涵盖小说的内容,还应起到吸引读者的作用。中国小说篇名,如《宋四公大闹禁魂张》《游酆都胡母迪吟诗》《裴秀娘夜游西湖记》《绿珠坠楼记》《汪信之一死救全家》等,其篇名特点是用句子形式来体现人物及事件,相比之下,西方小说往往使用一个词或短语作为小说篇名。所以翻译西方小说,尤其是翻译对晚清读者来说极为陌生的侦探小说时,书名或篇名的翻译往往会直接影响作品的接受度与传播度,需要翻译者费一番精力。张坤德首译四篇福尔摩斯侦探故事时,没有采用直译的方法,而是套用中国小说篇名的模式进行翻译。

第一篇故事 *The Naval Treaty*,直译为《海军密约》,故事是关于福尔摩斯如何侦破海军密约丢失的案子，张坤德没有直译，而是在对整篇故事内容进行凝练消化之后，将原篇名的名词词组译成一个独立的句子——"英包探勘盗密约案"。第二篇原名为 The Crooked Man，直译为《驼背人》，张坤德将故事内容概括之后，译成一个句子——"记伛者复仇事"，这样一来，读者从题名便可知晓这是一个驼背人复仇的故事。张坤德翻译的第三篇福尔摩斯侦探故事《继父诳女破案》，原名 A Case of Identity，直译为《身份案》，张坤德的译名将故事的内容直接呈现了出来。最后一篇原文名为 The Final Problem，直译为《最后一案》，讲述的是福尔摩斯与对手莫里亚蒂决斗的故事，张坤德根据内容改译为——"呵尔唔斯缉案被戕"。

在侦探文学进入我国伊始，译者采取中国传统小说的创作理念，根据故事内容提炼出类似中国小说的篇名，对译文的篇名进行改造，大致目的是顺应晚清读者的阅读和审美习惯，让译作读起来同中国小说无异。这种做法反映了在处于中心地位文学所主宰的阅读传统和习惯面前，译者对处于边缘的小说翻译的殚精竭虑，小心翼翼地尝试和让步，虽然没有关照到原作的一些特点（如悬疑性），但译者的这种做法也是不得已而为之，文本这种特殊表现形式恰恰成为边缘地位的翻译侦探小说的文本特征。

三、文言文作为翻译语言

"中国宋元以来，小说的语言载体主要用白话，特别是中长篇小说，白话乃此种小说的'正格'，而用'文言'写反是'变格'"[24]，张坤德翻译这四篇小说时，没有沿用中国传统小说所使用的白话文，而采用了文言文翻译，如：

> 等車方欲過，此人忽仰視，時我等道在燈光下，彼一見遂駐足。忽嘆曰昔言曰：天乎，此難赦（罷克雷夫人名）耶。　　——《继父诳女破案》[25]
>
> 余友呵爾唔斯，夙具偉才。余已備志簡端，惜措詞猥蕪，未合撰述體例。茲余振筆記最後一事，余心滋戚。　　——《呵尔唔斯缉案被戕》[26]

译文完全采用归化译法，若不是字里行间穿插着"呵尔唔斯"这样的外国人名，晚清读者很难会感觉到是在读一篇外国小说。译文采用的是仿先秦式的文言文，句式大多采用"四六骈俪文体"，对仗工整，行文尔雅，但对读者来说颇为晦涩，不如古白话文好理解。张坤德在翻译侦探小说时，没有选择中国小说文体的"正格"语言——白话文,而是选择了被主流认为是"变格"的文言文,这需要我们对当时的背景进行一番考察。

张坤德所译的几篇作品均刊登在《时务报》上,该报作为当时维新运动的机关报,为该运动营造声势,以改良社会和政治现状为宗旨,并专门为此开辟专栏译介外国小说,旨在借外国小说所蕴含的先进西方政治、文化等思想开启民智,教导国民。但在中国鄙视小说的传统观念由来已久,小说一直被认为是"出于稗官,街谈巷语,道听途说者之说造也",总之,小说被摒弃于"可观九家"①之外,被断定是与"通万方之略"不相干的东西。

维新运动的目的是学习西方,改革政治,救亡图存。这些目的的实现主要依赖于掌握主流话语权的文人士大夫阶层,而不是平民百姓。对于这些长期浸淫于古文之中的传统文人,文言文是他们阅读和写作的"专属语言";突然让他们用白话文来阅读一种新的文学样式,实为难事。是故,为了让小说承载维新运动的革命使命和开启民智的宏大叙事,让其文能载道,更重要的是为了让掌握主流话语的文人士大夫阶层接受,张坤德选用了高雅的文言文来翻译侦探小说,也成为早期翻译侦探小说的显著特征之一。

第三节 翻译侦探小说文学中心地位确立的成因

19世纪末的中国,内忧外患,清帝国大厦接近崩塌的边缘,一大批有识之士怀揣变革维新、救亡图存的理想,为国家的命运寻找着种种出路,康有为、梁启超等人便是其中的代表。在这一时期为数众多的翻译小说中,侦探小说受到了这些改良运动发起人、报纸的创办者、译者及社会各个阶层的青睐,迅速地占领了当时文学系统的中心地位。

笔者认为大致可以从外部环境和侦探小说自身去分析其原因。其一,本国文学系统中能够顺应社会先进发展趋势的作品"缺失",即文学系统中某一种文

---

① 《汉书·艺文志》于"六艺之文"之后,对"诸子十家"的排序是这样的:儒家、道家、阴阳家、法家、名家、墨家、纵横家、杂家、农家、小说家。其认为,若能修六艺之术,而观九家字样,舍短取长,则可以通万方之略,此说法直接将小说家及其思想和作品排除在外。

类处于"真空"状态。1902年梁启超在《新小说》的创刊号上发表《论小说与群治之关系》一文,大力倡导"小说界革命",将过去难登大雅之堂的小说之类的通俗文学提升为"文学的最上层"。他认为若想改良群治,必须从小说界革命开始,若要教化民众,也必须从"新小说"开始。为此他联合同他一样怀揣进步思想和变革思想的精英们创办了《新小说》期刊。

遗憾的是,这批进步分子是从事政治变革的班底,缺乏一批新生代的文学作家队伍来创作他们所提倡的"新小说"。这就反映出一个问题,"知识精英们的理论是超前的,可是它们来不及培养'创作队伍'"[27],即便能培养得出,也很难在短时间内创作出成熟的作品去满足他们改良政治、改良群治的要求。因存在这样的需求,又找不到符合他们政治要求和本国国情的作品,这样一来,文学系统中便存在了某种"真空"或"缺类"的现象。于是,一些翻译人员开始译介外国小说,以此解决这段时间内为政治服务的文学作品的短缺问题。

其二,西方侦探小说诞生于西方工业革命的浪潮中,是资本主义国家机器完善之后的产物,因此侦探小说体现的是法制,强调的是科学实证和严密的逻辑推理,彰显的是对人权的尊重。清末之际,"科学"与"民主"正是中国社会的先进分子期待社会政治改良的理想归宿。西方侦探小说所蕴含的这些先进的文化观和世界观正是当时的革命者们想引入中国的,同时对他们正在开展的维新运动具有启迪意义和推波助澜的作用。

《时务报》将福尔摩斯侦探小说译本刊出之后,收到了良好的反响,众多报纸和刊物纷纷译介刊载外国侦探小说,侦探小说的翻译迎来了一个热潮,具体表现有二:其一,参与侦探小说翻译的译者队伍日趋庞大。由最早的张坤德、周桂笙、奚若、陈景韩等三四人扩充成一支庞大的翻译队伍。1911年以后,常见于报刊或出版物的译者不下三四十人,如黄鼎、华子才、嵇长康、罗季芳、杨心一、觉迷、陈仙蝶、刘半农、曾宗巩、林盖天、程小青、周瘦鹃等。

其二,侦探小说译介的范围和数量不断扩大,由最早开始翻译英国作家柯南·道尔的福尔摩斯侦探小说,到其后法国作家埃米尔·加博里奥(Emile Gaboriau)的《毒药樽》《第一百三十案》,哈华德(Walter Hawes)的《海滨侦探案》系列;日本作家黑岩泪香的《离魂病》《三缕发》《寒桃记》;美国作家埃德加·爱伦·坡(Edgar Allan Poe)的《玉虫缘》(今译《金甲虫》)和《杜宾侦探案》以及尼科·卡特(Nick Carter)的《聂格卡脱侦案》系列等,几乎将当时世界上全部的侦探小说都译介进来了。

这是一种奇特的文学现象。翻译侦探小说不仅顺应了当时社会的发展趋势,在当时有着较为广泛的阅读面,还顺应了上层文人士大夫的政治期待,也满足了群众对于社会生活进步的期待视野,对引领民众接受西方先进科学知识和观念起到了较好的普及教育的作用,从另一个方面支持了维新运动的开展。

从1897年第一篇侦探小说现于报端,直至五四运动前后,几十年间,以翻译侦探小说为代表的外国翻译小说从最开始的边缘地位,急速地占据了当时清末民初中国通俗文学的中心,较为充分地发挥了通俗文学强大的舆论宣传作用,同时将通俗文学的社会功能发挥得淋漓尽致,不仅提升了中国通俗文学在中国文学系统中的地位,也填补了中国文学现代化进程中的真空时期。

如前所述,张坤德译介西方侦探小说之前,国人并没有接触过侦探小说,我国也没有侦探小说这一文学样式。此时的翻译侦探小说是处在中国文学系统的边缘地带。无论故事形式还是内容,对于国人来说都是全新的,加之是小说这一非主流的文学样式,是否能被国人接受,尤其是被上层文化圈接受是最大的问题。张坤德为了让翻译侦探小说能被接受,不仅对侦探小说原作的叙事方式、篇名作了较大的改动和调整,连译作的语言也一反中国小说用白话文的常态,采用文言文进行翻译,为翻译侦探小说被接受而"造势"。这不仅反映了译者为翻译侦探小说在中国能被接受的殚精竭虑,同时这种做法也符合处在"边缘地位的翻译文学"的特征[①]。

随着张坤德将福尔摩斯侦探小说的译入,西方侦探小说开始在中国盛行,一场大规模的侦探小说翻译活动拉开帷幕,与之相伴的是翻译侦探小说的地位开始发生变化,逐渐由当时中国文学多元系统的边缘地位向中心地位转移。作为一种全新的文学样式,为何能在短时间内被当时中国的各个阶层所接受,而且快速地从文学的边缘上升至当时通俗文学系统的中心地带呢?其中缘由得从当时宏观的社会文化背景和侦探小说自身的一些特点进行挖掘了。

[①] 根据文化翻译派学者伊塔玛·埃文-佐哈尔的多元系统论,翻译文学在文学大系统之间的关系是变化的,当翻译文学处于文学多元系统边缘地位时,译者总会牺牲原作的形式,尽量找寻主体文学中现成的模式对原作进行改写,使之符合文学多元系统已建立的美学准则。

一、晚清文学翻译高潮所创造的"量"

为了对晚清侦探小说翻译的数量进行把握,我们有必要了解晚清时期小说翻译的整体数量。根据《涵芬楼新书分类目录》(截止时间为1911年)统计,晚清时期翻译类小说将近400余种,另根据阿英《晚清小说目》统计,1840—1911年间的翻译小说有587种之多。"当时的译家,与侦探小说不发生关系的,到后来简直可以说是没有。如果说,当时翻译小说有千种,翻译侦探小说占五百部以上"[28]。阿英对晚清时期侦探小说翻译数量的统计较为真实地反映了西方侦探小说译介的热潮。

微观而言,自1896年《时务报》刊载了第一篇福尔摩斯侦探小说译作之后,国内相继又有30多个版本的译作出现,其中既有福尔摩斯探案故事的单篇,也有连载本和集结本,如在1901—1916年出现的《泰西说部丛书之一》《续译华生包探案》《补译华生包探案》《福尔摩斯再生案》《福尔摩斯侦探案全集》。这说明《时务报》当时巨大的发行量推动了翻译侦探小说的传播,使其在短时间内造成了较大的影响,促成了侦探小说翻译活动热潮的开启。

侦探小说翻译活动的热潮一直延续到五四运动前后,在此期间,当时西方几乎所有的侦探小说都被译介到中国了,数量之大,令人称奇。短时间内数量如此庞大的侦探小说译作在当时出现,不仅反映了当时中国读者对这一新文学样式的热爱程度和需求,也从另一方面印证了当时的中国读者已经接受了翻译侦探小说这一文学样式。因此,笔者认为晚清文学翻译高潮所产生的数量庞大的侦探小说译作,为翻译侦探小说占据当时通俗文学系统的中心地位完成了"量"的积累,具有极为重要的作用。

二、翻译侦探小说自身所蕴含的"质"

19世纪的中国,国运多舛,清帝国内忧外患,以梁启超等为首的青年有识之士怀揣着救亡图存、变革维新的理想发起了维新运动,希望通过学习和借鉴西方先进的科技、思想和文化来挽救落后的旧中国。为给维新运动造势,教化社会各阶层接受西方的先进思想和文化,他们积极地寻找着能够发动群众舆论的工具,文学便是摆在他们面前的最佳选择。遗憾的是,当时中国文学系统中占据主流地位的大多是封建统治者用来维护自身统治的"精英文学",而面向大众的通俗文学也多是体现清官形象的公案小说,与他们发起的维新运动政治目的相去甚远。国内文学系统中能够顺应社会先进发展趋势的作品"缺失",即文学系统中某一种文类处于"真空"状态,这样一来,翻译侦探小说的出现恰好迎合了这种需要,填补了缺失。

总体而言,翻译侦探小说具有以下特性:

其一,翻译侦探小说反映出了先进的社会背景。侦探小说是资本主义国家机器完善之后的产物,小说突出体现了完善的法治社会,而不同于晚清中国的"人治",社会氛围强调的是公平和法治。

其二,翻译侦探小说蕴含了丰富的西方先进科学知识。侦探小说诞生于西方工业革命的浪潮中,其中包含了丰富的科学知识,在断案过程中强调的是科学实证及严密的逻辑推理,彰显的是断案过程中对人权的尊重。

其三,翻译侦探小说具有丰富的趣味性。侦探小说不同于中国的公案小说,情节多变,读者在阅读之初根本不知道谁是"凶手",需要通过阅读和作者一起寻找断案线索,进行推敲和思考,读者在阅读过程中可以得到对事件处理中理性的认识,打动的是读者的"理智"。因此翻译侦探小说所蕴含的"科学"与"民主"正是中国社会的先进分子期待社会政治改良的理想归宿,这些先进的文化观和世界观正是他们在当时想要引入中国的。同时,翻译侦探小说极富有趣味性,对读者能够起到一定的吸引作用,对他们正在开展的维新运动进行群众舆论的造势无疑具有启迪意义和推波助澜的作用。

翻译侦探小说自身蕴含的这些特质顺应了当时社会的需求,受到了改良运动发起人、报纸创办者以及各个阶层的青睐,侦探小说翻译热潮随之而来,侦探小说译作的数量和种类都极速增加。随着翻译侦探小说译作数量的上升,读者的接受层面也不断扩大。

有了"质"和"量"双重因素的推动,翻译侦探小说在多元系统中的地位也逐渐向中心靠近。

第四节 中心地位的翻译侦探小说的文本特征

伊塔玛·埃文-佐哈认为:"翻译文学的地位的变化会带来翻译规范、翻译行为和翻译政策的变化。"[29]翻译侦探小说在中国经历了从无人知晓,到逐渐被中国各个阶层的读者接受并喜爱的过程,在当时的中国有着较为广泛的读者面。不同国家、不同题材的侦探小说被不同的译者译介到国内,同处于"弱势"地位时期的翻译侦探小说相比,处于文学中心地位时期的翻译侦探小说,其译者在翻译过程中的策略、规范、行为会发生一定的变化,从而导致这一阶段的译本也具有了一定的特点。

不同于最初侦探小说的汉译,译者在目的语文学系统中没有相对应的文学样式和先例做参照,他们能做的只是顺应中国读者的阅读习惯,对原作进行大刀阔斧式地改造,因此侦探小说本身的一些特征被弱化,如《时务报》最早刊登的由张坤德所译的几篇福尔摩斯侦探小说,译作和中国传统的笔记小说极为相似,很难看出是一篇翻译小说。

随着翻译侦探小说不断被中国读者接受,侦探小说的一些自有的文本特征也逐渐在译作中被译者凸显或强化,主要表现在故事的"悬疑性"受到重视、译作的语言的通俗化以及大量异化翻译手法的使用。

一、"悬疑性"受到重视

中国传统的公案小说大多是描写清官如何查案和断案,以此讴歌和抬升清官的形象,至于"谁是凶手"和大致的情节,故事一开头便已经讲明。相反,在西方侦探小说中,这些问题正是小说的"悬疑"所在,需要读者一边阅读一边推敲、猜测,充满好奇性和趣味性。早期侦探小说的翻译,译者套用了传统公案小说的模式,在题名中便泄露了侦探小说的悬疑性,如张坤德将原著名为 *A Case of Identity*(直译为《身份案》),译为《继父诳女破案》,这样一来,题名中就泄露了人物关系和大致的故事情节。

随着大量的侦探小说被译介到国内,并被中国读者接受,翻译侦探小说逐渐占据了当时文学系统的中心地位。这一时期的译者开始注重并研究侦探小说本身的结构与悬疑性。作为这一时期侦探小说的代表译者,程小青不仅翻译和创作侦探小说,还撰文研究探讨西方侦探小说。程小青先后在《侦探世界》和《珊瑚半月刊》等杂志上发表了《从"视而不见"说到侦探小说》《从侦探小说说起》《侦探小说的功利观》《侦探小说作法之管见》等数篇文章探讨侦探小说的悬疑性。他认为侦探小说最鲜明的特色就是具有悬疑性,不仅能够吸引读者,而且可以让读者在阅读的过程中对事物具有理性地认识,提高读者思维的逻辑性。

随着读者面和译介数量的不断扩大和增长,不少侦探小说的译者在翻译侦探小说的同时也开始对侦探小说本身的一些特质进行研究。侦探小说本身的结构、悬疑性及能够引发读者的好奇心等特点得到了译者们的进一步研究和剖析。

程小青认为:"侦探小说是一种化装的通俗科学教科书。凡科学上的观察、集证、演绎、归纳和判断等方法,侦探小说可以说是应有尽有……我们读得多了,若能耳濡目染,我们的观察力自然也可以增进。……他们往往能从有意和无意的事物、行动、言语上,推测案情的结局……"[30]程小青本人不仅意识到了侦探小说特殊的结构和"悬疑作用",在翻译侦探小说时,也注意到运用中文的特点及中国读者的文化传统和阅读习惯,对题名进行加工,吸引读者,增加侦探小说的悬疑性。从程小青对福尔摩斯侦探小说的译名便可体会到这种变化,如"*The Valley of Fear*"(现译《恐怖谷》),程小青译为《罪数》。

二、翻译语言趋向于通俗化

中国自古以来便是"文言分家",文言文一直占据着主导地位。"从晚清到'五四'是现代翻译规范的肇始阶段,语言规范还处于变动不居、尚待确立的过渡期。"[31]经历晚清和五四运动两次白话文运动的推动,其间文言文和白话文之间的博弈此消彼长,最后在五四运动之后,还是白话文占据了主导地位。我们从清末民初两次大规模的福尔摩斯侦探小说翻译活动便可勾勒出翻译语言的变化轨迹。1916年4月,中华书局出版了文言文版本的《福尔摩斯侦探案全集》,这部作品虽采用文言文翻译,但和严复、林纾等人的文言有着很大的区别,趋于通俗化,易于理解;而1930年,世界书局出版的白话文版本《福尔摩斯探案大全集》则全采用了白话翻译,并加上了新式标点。

由此我们不难看出,侦探小说译入语的选择同当时社会语言规范变革的步调基本一致。在译介之初,大多译者为了契合现有的语言规范,采用深奥的文言文进行翻译,出现了翻译语言的"变革",以文学经典之语言翻译通俗文学,是为了使通俗文学具有承载经典文学的相关社会功能和作用;译介后期,译者逐渐采用白话文翻译,这样一来不仅符合社会语言规范的变革,同时也符合了通俗文学的语言"正格",其实也是翻译侦探小说作为通俗文学在文学语言上的回归。

三、大量异化翻译手法的使用

"当翻译文学取得中心地位时,翻译行为是创新的重要力量,译者在这种情况下很乐意打破本国的传统。在这一条件之下,翻译接近原文,成文充分翻译的可能性就比在其他情况下更大,也就更可能出现我们所说的'异化'翻译。"[32]在翻译侦探小说被大量译介、引入清末民初的中国之后,文本的接受面和读者基础已经逐渐建立起来,这时译者更偏向于采用"异化"的翻译手法进行文化干预或者文化协调,旨在向译入语读者引入异国的文化和观念。1916年,中华书局出版的《福尔摩斯探案全集》是翻译侦探小说占据当时中国文学系统中心地位之后的代表之作,较真实地再现了原作的风貌。

该版本由刘半农主编,程小青等人翻译,全集共12册,并附有作者的详尽生平介绍及三序一跋,可见编辑和译者的态度是极其严谨的。就小说的翻译标准而言,这部译作不仅是当时翻译小说的一个里程碑,同时也是翻译侦探小说高度还原原著的一个代表。在这版翻译中,异化的手法已经使用得相当普遍,主要体现在以下三个方面:

第一,故事叙述结构完全异化。这一版中的所有故事均采用第一人称叙事视角,而且译者采用这种叙事手法已经相当娴熟。如其中一长篇《海军密约》(The Naval Treaty)。这篇小说也是张坤德最早翻译的五篇侦探小说之一,他将其名译为《英包探勘盗密约案》。张坤德采用归化的译法,将原著第一人称的叙事手法全部改成第三人称叙事,福尔摩斯以及在原著中以第一人称叙事的滑震都成为被叙事的对象。

而在程小青笔下,这个故事全部改回第一人称叙事。案件的开头交代了华生突然收到一位久未联系的旧日同窗珀西·菲尔普斯的求助信。他本来供职于英国外交部,之前一帆风顺,前途光明,最近却因为一份重要海军文件经他手丢失而陷入困境。至于谁偷窃的及如何作案的,读者根本无从知晓。第一人称叙事手法让读者如同身临其境,让读者随福尔摩斯和华生二人一起展开调查,最终找出了窃贼竟是珀西未婚妻的哥哥约瑟夫·哈里森。在此过程中,福尔摩斯运用了诸多的科学的手段,读者随福尔摩斯一同侦查、一同思考,案件结局让读者恍然大悟。从程小青的译文中可以看出，第一人称叙事手法在他的译文中的运用已经相当娴熟。

第二，译者对人名、地名及称谓全部采用异化的翻译手法。译者在对地名和人名进行翻译的时候全部采用音译，不用意译，称谓方面也是如此，不胜枚举，如表3.1所示。

表3.1　1916年版《福尔摩斯探案全集》中部分名词音译

原　　文	程　小　青　译　文
Mr. Douglas	密司忒淘狒拉司
Dr. Watson	达克透华生
Miss Ettie	密斯爱丹歇富忒
Captain Marvin	甲必丹麦文
Mr. Marvin	密司脱麦文

第三，纪年法的异化。译者也采用了异化的方法翻译原文中的纪年，但凡遇到年代的翻译，一律使用公元纪年法，如表3.2所示。

表3.2　1916年版《福尔摩斯探案全集》中部分纪年法译文

原　　文	程　小　青　译　文
1660 and 1780	一千六百六十年及一千七百八十年间
It was the fifth of January in the year 1863	时为一千八百六十三年一月之五日
1814 and 1819	一千八百一十四年及一千八百一十九年
It was the second of July in the year 1760	时为一千七百六十年七月之二日

值得注意的是译本封面标注的出版日期采用的也是民国纪年法：民国十五年十一月十四日版。考察译本的时代背景不难得知，当时官方和民间采用纪年法是民国纪年法，而译者在译文中却采用的公元纪年法。除此之外，译者在译文中将所有的中译标题都附上英文原文，作者柯南·道尔生平介绍中所有的英文专有名词的音译都附上原文。大量异化翻译不仅使得译文从形式上得到了较为充分的转化，也从另一方面体现出了译者对原作文本形式的重视，最大程度地去接近原作，这一做法符合了翻译侦探小说处于文学多元系统中心地位的

文本特征。

通过本小节的梳理，我们可以较为清晰地了解到晚清侦探小说翻译的高潮所创造的"量"和西方侦探小说自身"质"为翻译侦探小说走进民初中国文学系统的中心提供了双重保障，让翻译侦探小说成为彼时中国文学系统中的一员。同时，我们也看到了在翻译侦探小说从文学边缘地位到中心地位转变期间译者的不易，他们殚精竭虑地变换着翻译策略，从译介之初为了让中国读者接受，对侦探小说原作进行改造，到在中国读者接受之后，又尽可能地去还原侦探小说原作的面貌。这种对翻译策略看似迂回，实则反映出译者的良苦用心和对翻译活动之外各个方面因素的综合考量，为我们展现出了特殊时期译者在翻译过程中的文化协调和文化操纵。

第五节　清末民初翻译侦探小说文学中心地位确立的影响

翻译侦探小说跨文化、跨语言的移植无疑是具有代表性的，它不仅占领了清末民初中国通俗文学系统的中心地位，并作为一种崭新的文学样式伴随时代的发展扎根于中国文学系统之中。它成功地将当时西方的先进思想、理念、科技、文化传播到中国，对清末民初的中国文学系统的影响也是多方面的。

首先，翻译侦探小说弥补了当时中国文学社会功能的"缺失"，有效地调节了当时社会进步的文化思想需求和落后的文学系统现状之间的矛盾。翻译侦探小说的出现支持了维新运动的开展，填补了当时中国文学社会功能的缺失。翻译侦探小说不仅为各种革新运动打造了很好的舆论基础，同时对启发社会各个阶层接受先进的科学技术和观念发挥了重要的作用。

其次，翻译侦探小说加快了中国文学现代化的进程。翻译侦探小说作为当时翻译文学中最具代表性的一类，其文学地位短时间内在中国发生了极大的逆转，与此同时，它文学地位的转变也促成了中国传统公案小说占据通俗文学主流时代的结束。

最后，翻译侦探小说丰富了中国的文学系统。侦探小说的翻译热潮带来了大量的翻译侦探小说作品,为今后翻译侦探小说在中国文学史和中国翻译文学史中地位的确立起到了至关重要的作用。除此之外,翻译侦探小说也促成了中国侦探小说的诞生,翻译侦探小说边缘地位到中心地位转变的同时也促成了中国本土侦探小说从诞生到发展的全过程,由此,中国有了自己的侦探小说,并为中国后来刑侦警察小说的发展提供了可借鉴的样式。综上所述,清末民初翻译侦探小说地位的转变是中国文学现代化进程中短暂而惊奇的一笔,理应载入中国文学史、中国翻译文学史以及中国文学史,得到学界客观公正的认定。

第四章　程小青翻译策略的解析

第一节　概　　述

　　异化和归化这一对翻译策略究竟孰优孰劣,在翻译界一直为译者们争论不休。然而,在翻译的过程中,译者不可能单一地采取一种策略,而经常是视具体的情况两种策略参差使用。多数情况下,为了追求译本语言的流畅、自然,为了让读者读起来不费力,译者大多会采用归化的翻译方法;但在特定的社会背景和需求之下,为了引进异国的文化、价值取向或者是表达方法等,译者会采取异化的方法。倘若译者单是为了这种目的,在翻译作品中过多采用异化翻译策略,忽视了目的语主流文化对源语文化的态度,这在一定程度上会影响译作的传播和接受效果。因此,异化翻译策略不仅要符合当时目的语主流社会意识形态对源语文化的态度——接受的还是排斥的,同时也应该符合译者对源语文化的态度。

笔者认为,就程小青的福尔摩斯系列侦探小说的翻译策略而言,程小青多采用异化的翻译方法,适时采用归化的翻译方法。目前,学界对于程小青与侦探小说的研究侧重于他的侦探小说的创作,或其创作和原著福尔摩斯系列侦探小说的相互关系;对于他的侦探小说翻译方面,尤其在他的翻译策略方面鲜有细致的分析。《罪数》是柯南·道尔创作的福尔摩斯系列中的一篇长篇小说,该篇由程小青用文言文首译[33],收录于1916年中华书局出版的《福尔摩斯侦探案全集》,本章以该译本为例,综合外在和内在的因素,对译者的翻译策略做一整体考察。

第二节　诗学形态与侦探小说翻译

安德烈·勒菲佛尔(Andre Lefevere)是西方翻译研究文化学派的重要代表人物,他的学术观点以多元系统理论为基础,在他看来文学翻译本质上是社会的,而社会是由多个系统构成的,各个系统之间又相互影响、相互制约。他将翻译放到政治、意识形态、经济和社会文化背景中,去考察翻译作品的内部因素和外部因素,并由此来探讨翻译过程中影响翻译策略的各个层面。作品的内部因素是指作者的诗学及意识形态;而外部因素指对其作品产生和传播有影响力的个人或者机构。这些就是勒菲佛尔所强调的翻译受到的主要操控因素。

程小青在翻译福尔摩斯系列侦探小说时,其翻译策略也不可例外地受到这些因素的制约。因此,在研究程小青翻译策略时,笔者对这些因素进行了整理和分析。通过搜集程小青的相关资料,对当时的社会意识形态和作者的诗学形态有了一定的把握,但鲜见有影响程小青翻译活动的个人和机构。本章结合客观材料,试从社会意识形态和个人诗学形态两个因素探讨程小青翻译策略。

近代译事活动是指从鸦片战争结束到1898年前的这一阶段的翻译活动,其间1840—1894年,中国近代翻译活动出现了一个高潮。这段时期的翻译活动的主要对象不是文学书籍,而是西方科学、军事等方面的典籍。这点从当时翻译的组织机构也可以看出。西学翻译主要通过两个渠道,"一是官方的洋务机构,二是在华的教会机构"[34]。当时,译事活动旨在借助西方的进步科学富国强兵。在这之后的1898年,在中国翻译史上被认为是中国现代文学翻译的滥觞,是年,梁启超发表了大力鼓吹翻译政治小说的一篇序文——《译印政治小说序》。梁启超的目的在于呼吁译印政治小说,从而为他寻求政治变革服务,即"改良群治""开启民智"[35],由此,中国近代文学翻译的序幕正式拉开。当时翻译活动的目的先是通过翻译学习西方的科学技术,从1898年之后便转向通过翻译西方的政治小说等一系列的文学作品,以求达到"启迪民智"的目的。无论是引进西方科学技术,还是注重引进西方思想,借助文学的"社会功能",即"译品的功能"来改变社会制度,当时社会上主流翻译活动的目的都可以被概括为"治国图强"。由此不难推断出,当时社会主流意识形态对于西方事物的态度还是接受并认可的。

如前所述,程小青参与或主持了中国近代两次福尔摩斯系列侦探小说的翻译活动(参加翻译1916年中华书局版《福尔摩斯侦探案全集》;1930年组织了世界书局编译《福尔摩斯探案大全集》),此后便开始从事侦探小说的翻译工作;他还率先在国内进行侦探小说的模仿创作和侦探小说的理论研究,为侦探小说这一新的小说形式的引进和吸收作出了杰出的贡献。

程小青熟稔西方人情文化。他曾与在华西方人士有过较为密切的接触,并于1915年受聘教外籍教师学习吴语,并结识东吴大学附中教英文的一位美国人许安之,两人订立合同,互教英语与华文。此后,程小青还经人介绍加入基督教监理会,经常参加做礼拜等活动[1],这说明程小青不仅与西方人情文化有过亲身接触,而且他本人对此也持接受态度。

程小青对侦探小说始终抱有热情。他的侦探小说创作先于他的侦探小说翻译,从接触第一本福尔摩斯侦探小说开始就被侦探小说深深吸引(1905年,一个偶然的机会,程小青得到一本柯南·道尔所著的福尔摩斯侦探小说,爱不释手。因他平时很喜欢动脑筋研究分析问题,所以非常佩服福尔摩斯的神通),其后,受柯南·道尔所塑造的福尔摩斯形象的启发,创作出中国的私家侦探形象——霍桑(1914年,上海《新闻报》副刊《快活林》举行竞赛征文,程小青以"霍桑"为主角写了一篇侦探小说《灯光人影》),此后便一边从事福尔摩斯系列侦探小说的翻译,一边从事霍桑系列侦探小说的创作。

程小青对侦探小说有很高的评价,他在《侦探小说的多方面》中写道:"因为我承认侦探小说是一种化装的通俗科学教科书,除了文艺的欣赏以外,还具有唤醒好奇和启发理智的作用,在我们这样根深蒂固的迷信和颓废的社会里,的确用得着侦探小说来做一种摧陷廓清的对症药啊。"[36]程小青的这番话肯定了侦探小说对当时社会的积极作用。在《从"视而不见"说到侦探小说》中,他又写了:"侦探小说是一种化装的通俗科学教科书","凡科学上的观察、集证、演绎、归纳和判断等等的方法,侦探小说可以说是应有尽有……我们读得多了,若能耳濡目染,我们的观察力自然也可以增进"。[30]在这两篇文章中,程小青仔细分析了侦探小说的种种益处,这从侧面说明他本人不仅对侦探小说持肯定态度,同时还寄希望于用侦探小说去教育和开化民众,继而唤醒社会。

综上所述,当时的社会意识形态和程小青本人的诗学形态对于西方事物的态度都是认可的,并希望借助西方的先进文化和思想来改变旧中国。受这两种因素的影响,程小青在翻译侦探小说这一新文学样式时,分别采用了异化翻译和归化翻译的策略。但在使用两种策略时,译者的侧重点不同,有着不同的原因。

第三节　异化翻译策略的使用

清末民初之际,社会上翻译活动的目的经历了这样的转变:先是通过翻译学习西方先进的科学技术,1898年之后便转向通过一系列的文学翻译,以求达到"开启民智"的目的。"总的来说,这一时期翻译活动的目的都可以被概括为'治国图强',而且当时社会主流的意识形态对于西方的事物态度还是接受并认可的"[33]。所以受其影响,程小青在翻译福尔摩斯系列侦探小说时,大量采用了异化手法,为的是给译文增加"洋味"、激发读者的阅读兴趣。异化的方法主要表现在小说形式的异化以及称谓等专有名词的异化。

一、小说形式的异化

鉴于读者的阅读习惯,小说的形式该采用归化还是异化的翻译策略,这是译者不得不去考虑的。清末民初之际的译者,在最初译介西方侦探小说时采用了大量的归异化翻译策略。究其原因,一来是为了迁就读者,担心译本中充斥着大量的外来词会影响读者的阅读,因此,人名、地名的归化是常有的事情。二来是因为对西方侦探小说的形式不太了解。西方侦探小说的形式和结构和中国传统小说相异,早期的翻译家因不了解西方侦探小说的形式,将原文的叙述顺序彻底打乱。在早期的侦探小说译本中,更有甚者利用中国章回体小说去翻译外国的小说,如最早翻译成中文的《英包探勘盗密约案》。译者就因为不了解西方侦探小说的形式和结构,于是将案件的叙述顺序彻底打乱,并用中国传统的顺叙手法去翻译。

不同于同时期的其他译者,程小青在翻译侦探小说《罪数》时,采用了异化的策略——按照西方侦探小说的故事形式和结构去翻译。程小青为什么放弃中国读者习惯的传统公案小说的形式,而冒险采用异化的策略去翻译侦探小说这一新的小说形式呢?这得对中西方两种探案小说的形式作一番比较。中国传统的公案小说采用的基本是"顺叙"的手法,小说形式基本是按照"案由—告状—判案—尾声"这一结构铺排的。着重描述罪犯的作案过程,对于罪犯是谁,他是如何作案的,案件是怎么发生的这些问题,读者都是非常清楚的。所以说,中国传统的公案小说案件的侦破是为了突出清官的形象,弘扬人治的贤人政治。案件的侦破让读者看到了恶人是如何受到应有的惩罚,从而满足读者的感性,打动的是读者的情感。

西方侦探小说是一种和我国传统公案小说表现形式完全不同的文学样式,自从爱伦·坡发表西方第一篇侦探小说之后,侦探小说就一直按照他的模式"罪案—侦查—推理—破案"创作,着重描写侦查和推理这一环节。如在《罪数》这一长篇侦探小说中,伯斯东庄园的主人道格拉斯惨遭杀害,头部几乎被枪击得粉碎,死状凄惨无比。除了死者左手上的结婚戒指和凶杀现场的一只哑铃不翼而飞外,现场并没有遗失什么东西。此外,尸体旁边留有卡片,上面潦草地写着"V. V. 341"的字样,对于凶手是谁,凶手是如何作案的,读者根本无从知晓。小说集中笔墨描写了福尔摩斯对于案件的侦查和推理。小说基本采用倒叙的手法,读者随福尔摩斯一起侦查、一起推理、一起思考,其中还用到了很多科学的手段,始终牵引着读者的好奇心。案件的侦破让读者恍然大悟,理性的思索大于形式的欣赏,这样的小说打动的是读者的理智,读者得到的是理性的升华。程小青在翻译这部小说时,保留了原文的叙述手法,按照"罪案—侦查—推理—破案"的形式去翻译。这与程小青本人对西方侦探小说的深入研究和认知密切相关。他曾经说过:"侦探小说在文艺作品中是一种性质特殊的形式,有着独特的结构和风格……它在培养不怕困难的斗争精神、刺激求知欲、唤起理智、启发思维,以及运用科学原理和方法来分析问题和处理具体事物各方面,对于读者,特别是求知欲较强烈的青年读者,有着潜移默化的积极作用。"[37] 由此不难看出,对于侦探小说的这种叙述形式及其作用,程小青本人早已熟识并非常认可。

综上所述,我们就能理解程小青为什么放弃了中国传统公案小说的顺叙手法——"案由—告状—判案—尾声",选择保留原文的叙述视角,按照"罪案—侦查—推理—破案"的形式去翻译侦探小说了。

二、称谓等专有名词的异化

除去上文所述小说结构的异化,程小青异化手法最为显著的表现就是,在译文中保留了大量英文词。主要体现在称谓等专有名词的异化。同样,以《罪数》译本为例,其中人名、地名的异化翻译屡见不鲜,称谓也经常采用音译去处理,不用意译。通过考察译本的时代背景得知,程小青翻译《罪数》之时是民国时期,当时官方采用的纪年法是民国纪年法,民间采用的也基本上是民国纪年法。程小青译文中采用的公元纪年法,西方早就开始使用了,而我国是从新中国成立后才开始使用的,这对当时的读者来说还是比较陌生的。

通过对上述两个方面的分析和思考,笔者认为,程小青采用这种策略去翻译原因有二:其一,符合当时的翻译潮流,当时大多翻译作品中的称谓很多都是采用异化的翻译方法;其二,配合侦探小说这一外来的文学形式,异化了的称谓语和纪年法可以增加译文的"洋味",激发读者的兴趣并给读者带来新鲜感。

第四节 归化翻译策略的使用

在翻译《罪数》时,程小青在大量运用异化翻译策略的同时,适时运用了归化的翻译策略。深谙中国文化的程小青,在翻译这种新的文学样式的时候,是怎样适时地运用归化的手法,让译文充满"洋气",又不让读者感觉到译文生硬、没有亲切感的呢?

一、小说题名的归化

题名的作用非同一般,晋朝文学批评家陆机对此有过这样的评论:"立片言以居要,乃一篇之警策。"小说的题名更是如此,不仅要涵盖这一小说的中心,还应起到吸引读者的作用。《罪数》小说的英文名为:*The Valley of Fear*,意为恐怖谷,现在国内大多数译本的题名都直译为"恐怖谷",而程小青译为"罪数"。他认为,任何小说的命名,唯一的条件,要有含蓄和有暗示力量,那些一目了然毫无含蓄的命名,也应该绝对禁忌[36]。程小青没将该篇小说的题名直接译成"恐怖谷",是因他对原文的题目不太满意,认为原题目缺乏含蓄和暗示。在他看来,"西国作家对于命名一点,往往因案中事实的复杂,找不出一个集中的题目,便索性唤作某某路盗案或某某人血案……"[36]

在摸清整篇小说的来龙去脉之后,程小青结合整篇小说的中心思想,将小说的名字用"罪数"一词译出,因为"数"一字在汉语中意为"命运",它组成常用的一些词汇,如天数、气数、劫数、在数难逃等。从心理语言学的角度说,该词可以对中国读者心理活动起到一定的影响,并由此及彼地产生一定的心理联想。程小青巧妙地采用归化的策略翻译出小说的题名,不仅拉近了原作和中国读者的距离,还给小说增添了几分神秘色彩和吸引力。

二、文化及语言的归化

程小青在翻译过程中并不是全盘的异化,应该归化的地方还是采取了归化的策略。若是一本小说,读者阅读过程中碰到的全是陌生的文化,读起来太生分,则会丧失阅读兴趣。柯南·道尔小说原文中的一些词,在目的语文化中是没有的,程小青则是采用归化的手法将其译出:

"The bar of McGinty's saloon was crowded as usual;for it was the favourite loafing place of all the rougher elements of the town."

"墨琴镇之酒肆较余肆为宽大。凡镇中无赖酒徒多集饮于此。"(程小青译)

"...his way to McGinty's saloon..."

"……买格杜至墨琴镇酒肆中聚饮言……"(程小青译)

程小青将"saloon""bar"都翻译成"酒肆"。"saloon"英文的意思为：a public place where alcoholic drinks were sold and drunk in the western US in the 19th century，即19世纪美国西部一种卖酒的公共聚会场所。对于西方人来说，"saloon"虽是卖酒和饮酒的地方，但其主要的功能还是社交和聚会，它的功能应该等同于中国的"茶楼"。而"酒肆"是"酒馆"的口头语，等同于"饭店"。程小青将其归化地翻译成"酒肆"，只考虑到了这两者间具有卖酒和喝酒的相同含义，但没考虑到社交方面的功能。除此之外，程小青在称谓方面也采取了归化的翻译方法。如"足下非即华生医士耶""夫人曾否询及尊夫此恐怖谷名义作何解释""尊父已下逐客之令"等。"足下""尊父""尊夫"等这些都是汉语中表达尊敬的语气词语，是原文中本来没有的。

通过对《罪数》译本翻译策略的分析，笔者对程小青的翻译策略有了一个整体的考察，认为程小青的翻译策略受到了当时社会意识形态的影响；从另一方面来说，他本人的诗学形态直接决定了他翻译策略的运用。在翻译的过程中，程小青中西兼顾，很多地方采用异化的翻译策略是刻意而为之，但与此同时他也善于运用归化的翻译手法，让译文显得流畅地道，采用目的语文化更容易接受的方式向中国读者介绍侦探小说这一新文类，以传递异域文化。

第五章 文化语境对程小青早期侦探小说翻译的影响

第一节 概 述

文学翻译研究中关注译入语文化语境对于译者的影响是伴随着 20 世纪 70 年代发生的翻译研究的"文化转向"而开始的。"文化转向"是翻译研究中具有划时代意义的分水岭,在"转向"之前,研究者们更多关注的是原作者创作出的静态的文本,研究译文与原文在字词、内容、风格之间的关系,关注译文是否和原文对等,所做的大多是文本内的研究,却忽略了文本意义的动态性和多元性。

伴随着"文化转向"的开始,研究者们从多个领域切入到翻译研究中来,越来越多的学者开始从文化层面考察、研究翻译。翻译研究正在演变为一种文化研究,如翻译研究文化学派的代表人物安德烈·勒菲佛尔,更是主张翻译研究应当跳出文本之外,去关注翻译与译入语文化语境、与意识形态、与翻译赞助人等之间的关系;翻译研究由此变得更加多元化、科学化和具体化,同时对于译者及其译文的研究也更为全面。本章将继续以《罪数》《海军密约》《驼背人》等译本为例,从译入语文化语境的两个方面——中国传统价值观、审美观和清末民初社会历史背景,分析程小青早期侦探小说翻译所受的影响。

第二节　译入语文化语境与侦探小说翻译

彼得·纽马克(Peter Newmark)认为:"语境在任何翻译中都是最重要的因素,它的重要性大于一切法规、一切理论、一切基本词义。"[38]语境有三个方面的内涵,即"文化语境""上下文语境""情景语境"。文化语境是文本所涉及的社会文化传统、政治历史背景、价值观念、审美观念等等。源文本是作者在源语社会文化的背景下创作的,它有着自己的文化传统、意识形态、历史背景、思维方式、道德观念等。而译本则需要在译入语社会、文化传播,它和源文本有着不同的接受群体,因此译者就比作者要多一重考虑,肩负着不同的任务。

翻译并非单纯的一种语言文字的转换活动,也非一种简单的解码和编码的过程,而是涉及源语和译入语两种文化、涉及译者及译入语文化语境中诸多方面的一个复杂的文化政治行为。在这种文化政治行为中,译者首先要遵从的并非原文,而是译入语文化中的文化传统、意识形态、价值观念、道德规范、意识形态等,适时地对原文进行改写,正如劳伦斯·韦努蒂(Lawrence Venuti)所言:"这种改写是根据原文问世之前早就存在在目的语中的价值观、信仰和表达方式对外国文本进行的。"[39]我国著名的翻译家罗玉君先生,在20世纪30年代翻译司汤达的《红与黑》时,曾将于连怒斥瓦勒诺等人的丑恶的词语"Monster! Monster!"翻译成:"啊,社会的蠹贼啊！杀人不眨眼的刽子手啊！"这样的翻译表面上看去未忠实于原文,但译者从自身的观点和文化背景出发,给这些并不蕴含如此深刻思想内涵的词语添加了当时中国人特别敏感的成分。这从另一个方面反映出当时译者,以及与其有关的译入语文化语境中的诸多因素对翻译的影响。

清末民初之际是近代中国社会的重要转型期;两次鸦片战争期间,越来越多的中国人认识到中国社会的弊病,一大批士大夫著书立说,介绍西学。19世纪50年代,清政府发动了以"自强"为目的的洋务运动,由此西学在当时的中国得到空前的提倡与传播。与此相对的是,几千年来中国的传统文化根深蒂固,浸透在中国社会生活的各个方面,其对译者的影响也是不争的事实。在当时的各种译本中,中国传统文化的影响因此经常或隐或现地表现出来。程小青在翻译福尔摩斯系列侦探小说时,也不例外地要受到译入语文化语境中一些因素的影响,并在他的译文中反映出来。笔者通过搜集程小青的相关资料,通过对比现当代译本,尝试从中国传统价值观、审美观和清末民初历史背景两个方面探寻译入语文化对译者早期翻译的影响。

第三节 《罪数》译本分析

一、《罪数》译本简介

《罪数》(*The Valley of Fear*),现译名为《恐怖谷》,是柯南·道尔创作的福尔摩斯系列侦探小说中的一部长篇小说。由程小青用文言文首译,收录于1916年中华书局出版的《福尔摩斯侦探案全集》。之后又由顾明道用白话文重译,收录于上海世界书局版的《福尔摩斯探案大全集》。

该小说原文最初刊登在英国的《海滨杂志》(*The Strand Magazine*)上。在这里,有必要对这本杂志进行简单介绍,它同福尔摩斯系列侦探小说在英国的传播与接受有密切的关联。该杂志由英国著名出版家乔治·纽奈斯(George Newnes)于1891年1月创刊。作为一本面向大众读者的文艺期刊,《海滨杂志》以刊登短篇小说和趣味杂文见长,内容涵盖事实性文章、短篇小说和连载小说等多种文体,并配有相当数量的插图,以增强阅读的趣味性和艺术感染力。

在没有电子阅读媒介的年代,纸质书籍和期刊一度是人们阅读和接受新知识的主要载体。那时,文学作品的传播与接受很大程度上依赖于纸媒的刊载和发行。作家们将新作寄至报刊,通过连载或整篇刊发的方式传递给读者,由此建立起作品与读者之间的联结。对于像《海滨杂志》这样的文艺期刊而言,定期向读者奉上优秀小说和趣味文章,既能满足大众的阅读需求,又能通过刊登不同类型的文学作品,尤其是具有探索性侦探小说,引领读者的兴趣和口味。读者则通过定期阅读杂志或购买单行本,来持续关注作品的内容,并与作者形成互动。《海滨杂志》自创刊之日起便广受欢迎,首期发行量就突破30万册,并在后来逐步稳定在每期50万册的销量,成为当时英国家喻户晓的著名期刊。刊载在杂志上的连载侦探小说,往往能够充分调动读者的阅读兴趣,引发持续的关注和讨论。一旦某部小说广受好评,杂志社便会考虑将其结集出版,既可保留杂志连载时的插图等要素,又能将作品重新编排,以更完整、系统的形式呈现给读者。

在当时的英国,这种"杂志连载—单行本出版"的传播模式,给予新锐作家一个展示才华的平台,同时也为那些已经颇具声望的作家提供了一个稳定的写作阵地。柯南·道尔的福尔摩斯系列侦探小说最初便是以短篇配图连载的形式刊登于这本杂志上,小说的插图由西德尼·帕吉特(Sidney Paget)创作。1891年7月,也就是《海滨杂志》创刊当年,柯南·道尔的第一篇福尔摩斯小说《波希米亚丑闻》(*A Scandal in Bohemia*)就在该刊上亮相,由此拉开了这位传奇大侦探走入大众视野的帷幕。

可以说,《海滨杂志》不仅为福尔摩斯系列侦探小说提供了一个理想的发表平台,更成为连接作者与读者的重要桥梁。小说在杂志连载的这种形式,既有利于小说情节的渐次铺陈,又便于读者持续关注,在提升小说知名度的同时,也为侦探推理类型小说的发展开辟了道路。除此之外,杂志精美的插图又进一步激发了读者的想象力,增添了阅读的趣味性。正是在这种传播与接受的良性互动中,福尔摩斯系列侦探小说才得以广为流传,并最终成为侦探小说领域的典范之作。这种侦探小说连载并配以插图的模式同样也被当时中国的译者和出版机构所借鉴,比如在1930年由世界书局出版的《福尔摩斯探案大全集》中,每部小说都配有一定量的插图。

《罪数》的原文于1914年9月至1915年5月在《海滨杂志》上以连载的方式刊登,展现了柯南·道尔对侦探推理领域的娴熟驾驭和精湛笔力。小说以一桩离奇的谋杀案拉开序幕。福尔摩斯收到线人弗雷德·波洛克的来信,获悉伯尔斯通庄园主人惨遭杀害的消息。现场情况骇人听闻——受害者的头部几乎被枪击得粉碎,四周血肉横飞,惨不忍睹。更为诡异的是,尸体旁赫然留有一张写着"V. V. 341"字样的卡片,笔迹潦草,内容晦涩难辨。面对这一凶杀案的重重谜团,福尔摩斯凭借其惊人的洞察力和缜密的推理能力,循着蛛丝马迹,对案情进行了细致的分析和判断。他通过对神秘字符的破译,逐步揭开了案件背后的层层迷雾,却不料自己也因此卷入其中,陷入了更加扑朔迷离的危险境地。

在这部作品中,柯南·道尔不仅塑造了一个错综复杂、引人入胜的案件,更通过福尔摩斯的推理过程,展现了侦探们如何运用逻辑思辨和观察推断来解决疑案的过程。小说情节跌宕起伏,时而峰回路转,时而案情陡变,带给读者强烈的悬念感和阅读快感。同时,作者笔下的人物形象个性鲜明,栩栩如生,无论是机敏睿智的福尔摩斯,还是勤勉忠诚的华生,都给读者留下了深刻印象。

《罪数》不仅是一部精彩的侦探推理小说,也是一幅映照当时英国社会现实的写实画卷。作者通过案件背后错综的人物关系和环境描写,揭示了不同阶层之间的矛盾冲突,展现了社会的阴暗面和人性的复杂多元,带给读者更多关于时代和社会的思考。总之,《罪数》以其扣人心弦的情节设置、细腻入微的推理过程、鲜活生动的人物刻画,以及对社会现实的深刻揭示,成为福尔摩斯系列乃至侦探小说领域的经典之作。

二、中国化的"福尔摩斯"

对于《罪数》作品中福尔摩斯形象的处理,程小青并未忠实地按照原作的路径在自己的译本中对福尔摩斯的形象进行刻画,而是从中国读者的阅读期待出发,让作品中的福尔摩斯披上了"中国的外衣"。众所周知,福尔摩斯系列侦探小说创作于19世纪中后期,正值英美批判现实主义文学的成熟阶段,富含人道主义主题以及对邪恶人性批判的福尔摩斯系列侦探小说无疑是当时批判现实主义文学作品的代表。"作为一种文学思潮,批判现实主义强调典型性格的塑造"[40],福尔摩斯系列侦探小说中的主人公福尔摩斯可谓是极具形象化和个性化,他拥有博学、慎思、善推理等众多优点,同时也有自己的怪癖和缺陷,正是有了这性格上优点和缺点的共同作用,福尔摩斯的形象才极具个性。

与西方小说不同,"我国小说的发展,在叙事文学内部所受到的巨大影响,是源于史传作品"[41],为人物"定性"的中国史传,其影响在中国的公案小说中所表现出来的就是人物的描写都具有一定的类型化特征,人物所表现的形象都是观念的化身;形象的描写是为了积极地衬托人物的本性,如中国公案小说中,清官是为民请命、伸张正义的代表,鲜见极具个性的清官,小说作者对他们形象的描写都是正面的。因此,在翻译这部作品时,程小青对于福尔摩斯的翻译只见优点的描写,而对其形象中消极的一面都删略不译。下面我们将程小青的译本同李家云[42]的译本进行对照。

"He had spent the whole afternoon at the Manor House in consultation with his two colleagues, and returned about five with a ravenous appetite for a high tea which I had ordered for him."

"傍晚,福尔摩斯独自归寓,其状甚饥,余即令侍者进茶点佐以面包。"(程小青译)

"福尔摩斯用了整个下午的时间,和他的两个同行在庄园里商量案情,五点左右方才回来,我叫人给他端上茶点,他狼吞虎咽地吃起来。"(李家云译)

"He sat with his mouth full of toast and his eyes sparkling with mischief, watching my intellectual entanglement."

"福尔摩斯且食且言。"(程小青译)

"他坐在那里,大口吃着面包,两眼闪耀着调皮的神色,注视着华生那搜索枯肠的狼狈相。"(李家云译)

福尔摩斯在工作上细致忘我,但在个人生活上常常是非常随意的,他住所也十分凌乱,从这段对他吃饭的动作的描写来看,我们不难发现他不修边幅的性格。福尔摩斯不仅吃相不雅观,甚至跟粗人不相上下。对于这不雅的形象的描写,程小青在译文中完全隐去。而对于福尔摩斯生活中所表现出来的幽默俏皮,我们在程小青的译文中也很难发现:

"My dear Watson, when I have exterminated that fourth egg I shall be ready to put you in touch with the whole situation."

"华生,今勿呶呶矣,吾果腹后当语汝以故。"(程小青译)

"我亲爱的华生,等我消灭了这第四个鸡蛋,我就让你听到全部情况。"(李家云译)

这段福尔摩斯和华生的对话充分表现了福尔摩斯生活中幽默、感性的一面,但程小青译文中却删而不译。程小青用文言文译出这段话,"之乎者也"这些言辞符合中国的官人士大夫的说话语气,无形中给这位外国侦探赋予了不少

"中国味";同时也给读者呈现出一位在工作和生活中都同样谨慎细致、不苟言笑、举止文雅的清官形象;满足了当时中国读者对于清官形象的心理期待,和中国传统的价值观念相契合。

三、"中国化"的女性审美观

文学作品的创作离不开接受者的存在。通常情况下,作者在创作之初会考虑读者的接受程度。如果一部文学作品缺乏读者,那么它的存在价值将会大打折扣。读者作为文学作品的接受者,是文学活动中不可或缺的重要组成部分,是历史发展进程中的能动因素。德国接受美学的代表人物汉斯·罗伯特·姚斯(Hans Robert Jauss)在其文学接受理论中提出了期待视野的概念。该概念包含两个方面的内涵:其一,第一代读者对作品的理解会在后续几代接受者的传承中不断得到充实和丰富;其二,读者以往的阅读经历也会积累形成一定的阅读经验。这两个方面的融合,最终形成一代代文学接受者独特的期待视野。

因此,文学作品与接受者之间存在着密不可分的联系。作者在创作时会考虑读者的接受度,而读者的理解和阅读经验又会影响后世对作品的接受。读者不仅不是被动的接受者,还是文学历史发展中积极能动的推动力量。接受者的期待视野也会随着时间的推移而不断演变,从而丰富文学作品的内涵。在《罪数》中,柯南·道尔笔下道格拉斯夫人是英国文化中固有的典型美女形象:

"She was a beautiful woman, tall, dark, and slender, some twenty years younger than her husband."

"她是一个美丽的女人,高高的身材,肤色较深,体态苗条,比她丈夫年轻二十岁。"(李家云译)

从宏观角度来看,由于人类社会发展历程存在共同点,英国读者和中国读者在期待视野和审美观念上也有相似之处。但从微观角度分析,由于两国文化语境的差异,两者的期待视野和审美观念也存在一定的差异。受文化传统、审美习惯的影响,英国读者已经形成了相对固定的传统女性审美观念。他们对端庄美丽的女性形象有着基本一致的期待视野。当他们读到有关道格拉斯夫人外貌描写的词汇时,这些词汇必然会满足他们对道格拉斯夫人形象的期待,符合他们既有的女性审美观念。

以上述例子为例,道格拉斯夫人的身高和体型描写所用词汇,与中国传统文学中描绘女性娇美形象的词汇基本相似。然而,用"dark"一词来描述女性美丽的外表,却与中国传统女性审美观念大相径庭。译者翻译时,面对这种文化差异需要考虑不同文化背景读者的接受心理,才能更好地实现跨文化交流。

程小青作为福尔摩斯系列侦探小说的早期译者,既是原文的读者和译者,也是翻译文学作品的创作者。在翻译过程中,当时中国读者的期待和接受是他不得不考虑的问题。针对原文中描写道格拉斯夫人外貌的句子,程小青是这样翻译的:

"She was a beautiful woman, tall, dark, and slender, some twenty years younger than her husband."

"昔司英产,年事在三十以外,长身玉立,容止颇秀美。"(程小青译)

在译文中,程小青运用模糊译法,将"dark"一词略去不译,转而使用"长身玉立,容止颇秀美"等富有中国韵味的词汇。这样一来,呈现在当时中国读者面前的就是一位符合中国传统审美观的典型美女形象。值得注意的是,程小青的译文并没有对道格拉斯夫人的形象进行具体细节描写,而是留下了更多空白供读者自行想象。这种译法可谓巧妙地化解了两种文化语境下读者期待视野的冲突。同时,程小青充分关照了中国读者对女性的传统审美观念,使译文能够满足中国读者对道格拉斯夫人形象的期待。

四、先文言后白话的翻译模式

传统文化对于翻译的影响根深蒂固,在翻译的文学作品中不难发现它们的存在。同传统文化的影响一样,当时社会历史背景方面的因素对翻译同样有着举足轻重的影响,在程小青的《罪数》译本中,这种影响主要表现在翻译策略和语言样式的选择上。《罪数》及这一系列侦探小说由程小青等人用文言文首译,收录于1916年中华书局出版的《福尔摩斯探案全集》,到1927年,程小青又组织其他译者,用白话文重新翻译了《福尔摩斯探案大全集》,并于1930年由世界书局出版。

程小青为何早期选用文言文而非白话文翻译《罪数》等侦探小说,其后再改用白话文翻译?这问题看似已有答案,因为多数研究者会断然认为这是五四白话文运动所造成的影响。众所周知,程小青翻译《罪数》等小说先于五四白话文运动,而1930年出版的《福尔摩斯探案大全集》的翻译工作是在五四白话文运动之后,所以很容易让人误认为五四白话文运动是程小青翻译语言选择的直接原因。其实不然,这样的观点貌似印证了社会文化背景对于译者的影响,但是有以偏概全之嫌,没能具体指出社会文化背景是怎样影响译者翻译语言的选择的,也没有分析译者在这样的社会文化背景下对于翻译语言选择的多重考虑。其实"在晚清(1912年之前),也出现了很多以白话文翻译出来的外国小说"[43],五四白话文运动并不是程小青翻译语言的选择的唯一决定因素。

  在较长的一段时间内,教育得不到普及,言文分家,读者的接受是译者选择翻译语言首先面对的重要难题。若用文言文翻译,大多数"仅识字之人"不能阅读,便达不到"教化民众"的目的;用白话文翻译,那些社会上层的文人士大夫以及守旧的读者根本不愿意读下去,也达不到在上层社会中传播先进思想和文化的目的。综合以上两个方面的因素,笔者认为,程小青在早期选择用文言文翻译,是为了在上层社会中介绍侦探小说中包含的西方先进社会制度、科学的断案理念、人文关怀等。因为一个社会具有改良思想和最容易接受新事物的阶层通常都是受过良好教育的社会上层的知识分子,只有让这些人先接受侦探小说及其蕴含的进步思想和文化,才能为侦探小说下一步的传播打下基础。

  事实也是如此,程小青早期的文言侦探小说译著的确在上层社会的文人士大夫和守旧读者中广为流传。采用这样先文言后白话的翻译模式,是译者在当时教育不普及的社会背景之下,受其影响,为了关照文本的传播及文本生命的延续,综合读者的接受对翻译语言做出的选择。对于程小青不同时期翻译语言的选择,在后续的章节中将专门介绍,此节不再延伸拓展。

  本节结合当时传统价值观和审美观,针对《罪数》译本中的人物刻画等方面进行考察,发现程小青受其影响,为了关照读者的"期待视野",对福尔摩斯和女性的形象塑造适度中国化;对当时社会历史背景进行考察,发现程小青受其影响,考虑到读者的接受问题,为了译本在当时能够被接受,科学地应用翻译策略,使他的早期侦探小说译著受到知识阶层的广泛欢迎,为西方侦探小说在中国今后的广泛传播和中国侦探小说的诞生作出了重要贡献。

第四节 《驼背人》译本分析

一、《驼背人》作品简介

《驼背人》(*The Adventure of The Crooked Man*)原作于 1893 年 7 月刊登于英国的《海滨杂志》。国内最早译本由张坤德首译,译名为《记伛者复仇事》。该译本于 1986 年 11 月 5 日至 11 月 25 日以连载的方式刊登在《时务报》的第 10 至第 12 册。程小青于 1916 年复译,译名为《驼背人》,并一直沿用至今。

小说以一桩离奇的谋杀案作为切入点,吸引读者的注意力。福尔摩斯和华生医生的调查过程逐渐揭示了案件背后错综复杂的情感纠葛。失踪的钥匙、奇怪的动物足迹以及神秘畸形男子的出现,都成为解开谜团的关键线索。故事的背景涉及巴克莱上校、他的妻子以及与那名畸形男子之间多年前的恩怨情仇。曾经的叛变和意外的重逢,引发了一系列悲剧性的事件。然而,上校的死亡最终被证实是由脑出血导致,而非谋杀。这一结局出人意料,却也合情合理。小说展现出福尔摩斯的敏锐观察和缜密推理,再现了侦探解决疑难案件的过程。同时,作者也借此探讨了人性中的阴暗面,如背叛、复仇等主题。错误的决定可能导致无法挽回的后果,而人性的复杂性也使得事件的真相难以简单判断。《驼背人》以曲折离奇的情节吸引读者,又通过对人性复杂性的探讨引发读者的深入思考。福尔摩斯的形象鲜明,案件的调查过程环环相扣,结局出人意料却又在情理之中。

翻译文化学派的代表人物之一,勒菲弗尔(Andre Lefevere)提出了翻译并非在语言的真空中进行,而是在两种文学传统的语境下进行的观点。他强调翻译不仅仅是简单的语言文字转换或机械的解码编码过程,而是涉及源语和译入语两种文化,尤其受到译者等译入语文化语境中诸多因素影响的复杂交往行为。

程小青对于侦探小说的翻译也会带上所处时代社会文化语境和历史传统的烙印。首先,程小青所处的时代背景和文化传统会在一定程度上影响他对原文的理解和表达方式。他的译文可能更多地体现了清末民初的语言风格和审美情趣。其次,程小青作为译者的个人背景、知识结构和文学素养,也会在一定程度上影响他的翻译选择。再次,清末民初的出版环境和读者群体,会让程小青在翻译过程中采取不同于现代译者的策略,如对原文内容的取舍、对语言文字的通俗化处理等。通过将程小青译本置于特定的社会文化语境中考察,并与现代译本对比,我们可以更深入地理解文化语境对译者翻译活动的重要影响,进而揭示程小青侦探小说翻译的时代特色和文化内涵。本节将以《驼背人》杨柳译本为参照,对比分析程小青译本的翻译特色,进一步阐释文化语境对程小青翻译的影响。

二、福尔摩斯与华生的形象

西方人由于特殊的地理环境和海洋文明的影响,形成了不同于中国的民族性格。他们注重个性的表达,崇尚标新立异,这种文化特质也深刻影响了西方文学作品中人物形象的塑造。柯南·道尔笔下的福尔摩斯就是一个典型的例子。作为一名侦探,福尔摩斯表现出了极具个性和人格魅力的一面。他敏锐的观察力、缜密的逻辑推理能力,以及不同寻常的行事风格,塑造了他鲜明而立体的文学形象。但与此同时,福尔摩斯作为一个普通人,性格上也并非完美无瑕。他有自己的小怪癖和不良嗜好,如抽烟等。这些缺点和瑕疵,却让他更加贴近生活,更像一个有血有肉的身边人。对于同时代、同国家的读者而言,福尔摩斯的言谈举止、生活习惯都显得亲切而真实。这种人物塑造方式可以说是西方文学的特点之一。西方作家善于通过刻画人物的个性和缺陷,来丰富和完善文学形象。这些看似不完美的特质,反而赋予了人物以真实感和立体感,使他们更加鲜活生动。

中国传统文化强调共性而非个性,这一点在清末民初的中国社会尤为突出,个人往往难以摆脱社会和家族的束缚,难以彰显自我的独特性。这种文化背景在中国传统小说的创作手法上也有所体现,特别是公案小说中人物形象的塑造。在中国传统公案小说中,清官通常被描绘成为民请命、伸张正义的代表。他们的一言一行都具有示范意义,体现出圣人的典型特质。这种人物的塑造方式与西方文学中注重个性和缺陷的写作理念形成了鲜明对比。因此,面对柯南·道尔笔下个性鲜明、性格复杂的福尔摩斯,程小青在翻译过程中需要斟酌这一形象能否被当时的中国读者所接受。

在《驼背人》程小青版译本中,我们发现福尔摩斯的形象并不完全写实,跟原著中的形象具有一定的差异。在程小青的笔下,福尔摩斯几乎成了一个完美的化身。他正直不阿、严谨理性、博学多识、仁义、富有同情心,简直就是救世主的化身。如前所述,原著中福尔摩斯的形象并非完美无瑕、扁平单一,他作为一个生命个体——人,也有着性格上的缺陷。他骄傲且自负,他只接手那些有挑战性的,能够展示他的才华和知识的案件。这一描述所表现的与我们所接受的救世主的化身这一形象截然不同,甚至相悖。在《驼背人》原著中对福尔摩斯有一段这样的描述:

"In spite of his capacity for concealing his emotions, I could easily see that Holmes was in a state of suppressed excitement, while I was myself tingling with that half-sporting, half-intellectual pleasure which I invariably experienced when I associated myself with him in his investigations."

"途中余友缄默无语。余亦中怀悼馀,莫测利钝,不知此来能否如愿。抑更有意外之周折,意颇辖护诽定。"(程小青译)

"尽管福尔摩斯善于隐藏自己的感情,我还是一眼能看出,他是在竭力抑制他的兴奋情绪。我自己一方面是出于好奇,一方面是觉得好玩,也异常兴奋,这是我每次和他在查案时都能体验到的。"(杨柳译)

这部分虽然是对华生心理活动的描写,但是也能从侧面表现出福尔摩斯的性格特点。原文所表现出的是,作为案件的参与者所体会到的兴奋,同时也透露出主人公福尔摩斯在每次侦查案情时所体会的快感,以及征服棘手案情后的满足感。程小青在处理此处细节时,故意将华生难以抑制的兴奋误译为对案情不确定性的不安与担心。众所周知,译作中人物形象的塑造一般会受两种因素的制约:译者的思想意识和当时在接受语文化中占主导地位的诗学。程小青在这一段中的处理方式应该是受到了当时意识形态的影响。如前所述,西方民族典型的"海洋性格",重视自身的价值,自信乐观,强调"个性"。然而中国人更坚守中庸之道,与人交往中更强调合乎道德的"共性",具有典型的"大陆性格"。这里程小青故意将华生的胸有成竹译为谨小慎微,也许在一定程度上是为了更好地迎合本民族读者的阅读期待,关照读者的接受。

三、主人公心理活动、性格等的改译

与上文中对福尔摩斯和华生形象的处理相同,他们的心理活动在翻译过程中也被程小青进行了有意的"误译"。在《驼背人》原著中对亨利的心理有一段这样的描述:

"There were a thousand lives to save. but it was of only one that I was thinking when I dropped over the wall that night."

"而时余勇气填膺,略不惮险,但念全城生灵,悉握吾掌,此行必冒死成功,若己身如何,一凭造化,初不置意。"(程小青译)

"城里有一千多条生命在等待援救,可是那天晚上,我从城墙上爬下去的时候,心里想念的却只有一个人。"(杨柳译)

通过对比《驼背人》原著与程小青译本中关于男主人公亨利心理活动的描写,我们可以发现译者在翻译过程中进行了有意的"误译"。在原著中,亨利的内心独白袒露了他对恋人的挂念和牵挂。尽管城中有千万条生命需要拯救,但在冒险行动时,他的心中只念及一人。这段描写体现了亨利作为一个普通人,在面临生死抉择时对爱情的执着。然而,在程小青的译文中,亨利的形象却发生了戏剧性的转变。他摒除了个人的儿女私情,转而成了一个为国为民、视死如归的民族英雄。译文强调他不惧生死、只为拯救全城百姓的崇高情操,完全掩盖了原著中他对恋人的挂念。

可以从宏观意识形态和文学传统两个角度来解读程小青这种有意"误译"的原因。首先,清末民初的中国社会对爱情的态度较为保守。译者程小青受此影响,可能有意淡化了男主人公的儿女情长,以迎合当时的主流价值观。其次,中国传统文学强调文以载道,主张文学对社会生活的干预和影响。即便在客观叙事中,也常渗透着作者的思想感情和道德说教。受此文学传统影响,清末民初的小说翻译往往带有明显的说教色彩。程小青对亨利形象的改造,正是为了突出其民族大义和道德操守。

从程小青对亨利内心独白的"误译",我们可以一窥清末民初翻译界的文化语境和思想主张。这种"误译"现象背后,隐藏着译者与两种文化传统博弈的复杂过程。它启示我们,翻译研究不能局限于语言层面,更需要深入挖掘其文化内涵和意识形态动因。唯有如此,我们才能全面理解翻译活动的本质,并正确评估译者在文化交流中的重要作用。同时,这也说明翻译活动不是语言的简单转换,而是深受两种文化意识形态和文学传统的影响。译者在翻译过程中,往往会有意识或无意识地对原文进行改造,使其更符合译入语文化的价值观念和审美情趣。这种改造虽然偏离了原著,但却体现了译者对文化差异的应对策略,以及对译入语读者的关切。

翻译活动中,影响译者改写原文的意识形态因素不仅包括社会主流意识形态,还有译者个人的意识形态倾向。虽然个体意识形态通常与社会主流意识形态保持一致,但由于译者在个人经历、教育背景、文化追求和价值观念等方面的差异,其个体意识形态也呈现出一定的特殊性。除了对福尔摩斯形象的改写,程小青在《驼背人》译本中还对两位男主人公的性格进行了改写。原文中对另一位男主人公白莱克有这样一段描写:

"I was a harum-scarum, reckless lad, and he had had an education and was already marked for the sword belt."

"以白莱克诡计多智,既知失欢於女,乃变计笼络其父,曲意献媚,殷勤万状,丹佛哀为彼所愚,力沮吾事。"(程小青译)

"那个时候的我,冒冒失失,做事不顾后果,而巴克利受过良好的教育,而且已经有了显赫的军功。"(杨柳译)

原文中对白莱克的描述突出了他当时鲁莽冒失、不顾后果的性格特点,与受过良好教育、军功显赫的巴克利形成鲜明对比。这段描写客观呈现了白莱克的过去,揭示了两位男主人公迥异的成长背景和性格差异。然而,在程小青的译文中,白莱克的形象却发生了根本性的改变。他被描绘成诡计多端、善于笼络他人的投机者。译文着重刻画了他在情场失意后,转而献媚讨好女方父亲的行径,突出了其狡诈多智的性格特点。

造成这种改写的原因,除了受到清末民初社会主流意识形态的影响外,更多地体现了译者程小青的个体意识形态取向。作为一名文人,程小青可能更看重人物的道德品质和行为操守。他对白莱克的负面描述,反映出译者个人对这类性格和行为的不认同。同时,程小青译本中对人物的评判性语言,如诡计多智、曲意献媚等,也体现了译者较强的主观色彩。

在翻译过程中,译者的个体意识形态往往与社会主流意识形态交织在一起,共同影响着对原文的理解和表达。译者的个人经历、文化修养和价值取向,都会或多或少地渗透到译文之中,导致原文在译入语语境中发生或细微或明显的改变。在翻译研究中,我们不仅要关注社会主流意识形态对译者的影响,更要挖掘译者个体意识形态的作用。唯有综合考察两种意识形态因素,我们才能更全面地解释译文中出现的改写现象,深入理解译者在翻译过程中的主观能动性。

程小青对白莱克形象的改写,既反映了清末民初的主流意识形态,也体现了译者个人的道德评判和价值取向。这种改写现象提醒我们,翻译从来都不是一种纯粹的语言转换行为,而是译者在特定社会文化语境和个人意识形态影响下的主体性创造。对翻译现象的分析,需要我们跳出语言的局限,将目光投向更为广阔的文化语境和译者个体,方能揭示其背后错综复杂的意识形态因素,并准确把握译者在跨文化交流中的独特位置。

四、部分情节的删减

除了上述的有意误译之外,程小青的译本还对原文进行了删减。《驼背人》原著中对于华生的形象有一段这样的描写:

"You still smoke the Arcadia mixture of your bachelor days. then! There's no mistaking that fluffy ash upon your coat. It's easy to tell that you have been accustomed to wear a uniform, Waton. You'll never pass as a pure-bred civilian as long as you keep that habit of carrying your handkerchief in you sleeve."

"你还在吸你婚前吸的那种阿卡迪亚混合烟呢!从落在你衣服上的烟灰来看,我这话准没错。华生,看来你一直习惯穿军服。如果你衣袖里总是藏着块手帕,你怎么也不会像地道的平民。"(杨柳译)

在《驼背人》的原文中,柯南·道尔对华生医生的形象有较为细致的描写。通过福尔摩斯的观察和推理,读者可以了解到华生的一些生活习惯和行为特点,如吸食阿卡迪亚混合烟草、穿军装的习惯,以及将手帕放在衣袖里的小动作等。这些细节勾勒出一个鲜活生动、个性鲜明的华生医生形象。而这些细节的形象描写在程小青译文中被全部删去。

从比较文学的角度出发，文学翻译中两种文学体系的诗学形态（即译者的文学意识、文学价值取向等）在一定程度上会制约并影响着译者的翻译策略和方法。中国传统诗学观念主张"意在言外"，这种诗学强调含蓄蕴藉、言简意赅，反对对人物进行过于细致的描摹。同时，中国古典小说在创作上受中国古典绘画的影响，往往用一种静态写意的白描手法，着墨不多，在寥寥数笔中勾勒出主要人物及情节。作品注重人物的语言描写及动作描写，但对烘托整个作品的肖像描写、心理描写、景物描写则往往一笔带过或几乎没有。在这种诗学观念影响下，程小青可能认为原文中对华生医生的细节刻画过于琐碎，有损作品的意境和韵味。比如在程小青看来，"袖口里藏着手帕""不像地道的平民"这些对华生的不佳描述，有损于华生作为福尔摩斯助手形象的塑造，所以在译本中直接删去了这些内容。

此外，程小青译本面向的读者群体也可能影响了他对于原文内容的取舍。清末民初的读者阅读习惯和欣赏趣味与今人有所不同。他们可能更看重情节的跌宕起伏和人物的性格特点，而不太关注人物日常生活的细枝末节。基于对读者接受能力和阅读期待的判断，程小青或许作出了删除这段描写的决定。当然，我们也不能排除译者个人的文学趣味和审美倾向在其中发挥了一定的作用。作为一名文人，程小青可能更倾向于简洁凝练的表达方式，对原文中过于琐细的描写不以为意，进而在翻译中予以删削。

受制于侦探小说叙事顺序和表现形式等因素，译者一般不会轻易改动原著的情节。本节对《驼背人》程小青译本和杨柳译本进行了比较，分析了当时的文化语境对程小青翻译及其处理方式的影响。总体而言，两个不同时期的译本都较为忠实于原著，但是程小青的译文相对于杨柳的译文，出现了较多的替代、添加、简化、省略的现象。杨柳的译本则以直译、直译加注等直接转换方法为主。因此，相比较而言，程小青的翻译策略更多的为"归化"，杨柳的翻译策略更多的为"异化"，这也反映了不同时代文化语境对译者策略的影响。文学翻译受到文本外多种因素的影响，既不是由单纯的源语—译入语文化地位所决定；也不是单方面地受制于社会意识或完全由译者主体的任意发挥。因此对程小青译作的分析，有助于透析当时的时代特征，从翻译的角度了解历史文化。

第五节 《海军密约》译本分析

一、《海军密约》作品简介

《海军密约》(*The Naval Treaty*)是柯南·道尔创作的 56 篇福尔摩斯短篇小说之一,也是《福尔摩斯回忆录》系列中的 12 篇小说之一。它是福尔摩斯系列侦探小说中篇幅最长的一篇,因此在首次发表时被分为两部分刊载。这部小说最初于 1893 年 10 月至 11 月间在英国的《海滨杂志》上连载。一个月后,它又以连载形式出现在美国的《哈珀周刊》(*Harper's Weekly*)上,分别刊登于 1893 年 10 月 14 日和 10 月 21 日两期杂志中。

如前所述,在早期福尔摩斯系列侦探小说的刊载过程中,通常会配以精美的插图。这种做法旨在增强小说的可读性,提升读者的阅读兴趣。以《海军密约》为例,在英国《海滨杂志》上连载时,前半部分配有 8 幅插图,后半部分配有 7 幅插图,均由著名插画家西德尼·佩吉特所绘。同样地,在美国《哈珀周刊》上刊登时,这篇小说也配有 4 幅插图,由美国艺术家威廉·亨利·海德(William Henry Hyde)绘制。值得一提的是,仅在 1893 年这一年,海德就为柯南·道尔在美国出版的福尔摩斯系列侦探小说绘制了 21 幅插图。

《海军密约》这部小说以珀西·菲尔普斯的一个重大失误为开端,展开了一系列错综复杂的情节。身为英国外交部职员的珀西,在一份极其重要的海军条约文件失窃后陷入了巨大的困境。这份机密文件在他的监管下丢失,不仅使他的职业生涯面临威胁,更可能危及国家安全。在绝望之际,他向老友约翰·华生博士求助,希望华生能与侦探夏洛克·福尔摩斯一同协助调查此案。

福尔摩斯接手这桩案件后,通过缜密的调查发现这并非一起简单的失窃案件。经过一系列复杂的逻辑推理和仔细的现场勘察,福尔摩斯揭露了隐藏在表象之下的深层阴谋。调查结果表明,真正的罪魁祸首竟是珀西的表亲约瑟夫·哈里森。原来,约瑟夫因个人财务问题而铤而走险,企图通过偷取并出售这份机密文件来解决自己的经济困境。在福尔摩斯的智慧和周密部署下,他们不仅成功追回了失窃文件,还揭穿了约瑟夫的真面目。虽然案件最终告破,但对所有涉事人员都造成了深远的心理影响。珀西对自己亲人的信任遭到了前所未有的考验和打击。这一事件折射出人性在极端处境下的复杂性和脆弱性,发人深省。

这篇小说采用了典型的福尔摩斯侦探故事风格。柯南·道尔精心构思,用语简练、精准,能够有效地营造紧张和急迫的氛围,全篇一万二千余字,小说的叙事紧凑,情节发展充满悬念,完美呈现了福尔摩斯的推理过程和侦探技巧。此外,他善于通过对话和细节描写推动情节发展,通过福尔摩斯和华生之间的互动,揭示福尔摩斯的性格特征和推理方法。整个故事通过华生的视角讲述,不仅增添了可信度,同时还附加了一种亲切和紧迫感。总的来说,这篇小说是一个结构严谨、引人入胜的侦探故事,展示了作者在侦探小说领域高超的创作技艺。

《海军密约》在中国由程小青首译,收录于1916年中华书局版的《福尔摩斯侦探案全集》。刘半农还特意为该书撰写跋文,盛赞《海军密约》等作品亦不失为侦探小说中之杰作,指出了其在侦探文学领域的重要地位。值得关注的是,同上述几部作品一样,对于《海军密约》作品中福尔摩斯形象、人情世故等元素,程小青也大量采用了归化的翻译策略。他努力将福尔摩斯的形象和故事中的人情世故中国化、本土化,使之更贴近中国读者的文化背景和阅读习惯。通过巧妙的译文处理,程小青为小说中的人物披上了中国的外衣,拉近了中国读者与作品之间的距离。本节将以李家云的译本为参照,对比分析程小青译本的独特之处。通过深入挖掘两个版本在译文风格、文化适应等方面的差异,我们可以更好地理解程小青的翻译特色,进一步阐释文化语境对其翻译活动的影响。

二、人情世故的"中国化"

在中国几千年的封建社会中,阶级差异和尊卑观念根深蒂固,渗透到社会生活的方方面面。在当时的社会环境下,人们习惯于对权贵阿谀奉承,所谓"一人得道,鸡犬升天",与权势人物沾亲带故者也常受到同样的恭维。这种社会现实或多或少也会在程小青的译本中显示出来。在翻译《海军密约》时,程小青对原文中涉及社情事故的描写进行了大量中国化处理,体现出鲜明的增补特点。他在译文中添加了许多符合中国封建社会语境的表达,使之更贴近中国读者的文化理解和阅读期待。这些增补不仅体现在对权贵的称谓、礼节的处理上,也渗透到人物对话、心理活动的刻画中。

比如,在《海军密约》程小青译本的第一段译文中,华生回忆当事人珀西在校时的情况,有这样一段叙述:

校中监院教师,遇番至殷勤,多方宠异,未尝临以忤色。此就常理言之,似教师辈嘉其敏慧勤学,故示之优容,以为劝励。顾揆厥主旨,初非为此,殆别有用意在也……教师辈惮番舅权威,且为贡媚计,咸曲意徇之,莫敢或怫其旨。

这段文字既交代了珀西在校时老师对他的优待,又暗示了珀西舅舅的位高权重。然而原文里华生的回忆中完全没有提到当时老师对他的态度,只是交代了珀西在校时成绩优异,才能出众,获得学校各项奖学金,毕业后凭借自己的才能和舅舅的提携进入到外交部工作。其实,在小说原著中并没有这样一段描述。同样,在李家云译本中也没有这一段描述。因此,这些内容可能是程小青为了迎合当时社会读者的喜好,满足当时读者的期待而进行的增补,同时也是对当时中国社会的写照。这也是中国旧社会历史文化消极的一面在译本中的显现。

除此之外,我们也能看到中国传统文化中大量的积极元素对程小青翻译的影响。自古以来,中国一直以"礼仪之邦"著称。国人以谦卑为美德,待人接物时总是高抬对方,极尽恭维之言。人与人交往时,更是崇尚互尊互重,不惜赞美之词。在中国的文学作品中,对于英雄、正义人物形象的塑造更是注重周围人言语态度对其的烘托。这一点在程小青译作中对于福尔摩斯形象的处理上体现得较为明显。程小青并未忠实于原文,在人物对话方面也出现了很多的增补。比如,《海军密约》原文中有以下两处对话的描写:

"Do you think that you could bring your friend Mr. Holmes down to see me? I should like to have his opinion of the case."

"第此来能偕君友密司忒福尔摩斯同贲,尤所殷望。福君精敏绝顶,吾素鹰佩,今当授以案状,使之侦缉,或幸获得机倪,能裨益吾事,亦未可知。"(程小青译)

"你看是不是能邀请你的朋友福尔摩斯先生前来看我?……但我仍愿听听福尔摩斯先生对本案的意见。"(李家云译)

从这两段对比中,我们可以清晰地看到程小青译文在人物对话方面的"中国化"改写。原文中珀西对福尔摩斯的称呼较为简单随意,只用了 Mr. Holmes 这样的普通称谓,并表达了愿听福尔摩斯对案件的看法的中性态度。而在程小青的译文里,珀西对福尔摩斯的称呼显得格外恭敬,用上了"君友密司忒"等敬称,并盛赞福尔摩斯精敏绝顶,表示自己"素膺佩"。整段话充满了谦辞和溢美之词,凸显了珀西对福尔摩斯才智的仰慕之情。

相比之下,李家云的译文则相对直白且忠于原著,没有对人物关系和态度做过多渲染。他保留了珀西对福尔摩斯的普通称呼"先生",也没有额外添加赞美或恭维的言辞。因此,从李家云的译本中读者较难感受到人物之间有什么特别的情感。

程小青的译本中对福尔摩斯形象的烘托塑造,很大程度上源自中国传统文化中对于英雄人物的赞颂倾向以及人际交往中的恭谦礼仪。在中国文学传统里,正面人物往往集众多美好品质于一身,周围人物也常以敬仰的口吻来衬托其非凡气质。程小青受此影响,在翻译时有意识或无意识地将福尔摩斯的形象拔高,突出了其受人敬重的一面。同时,他笔下的人物对话也体现出了浓郁的中式交际特色,即便是寻求帮助,也要先致以众多恭维之词,以示尊重。

这种翻译处理一方面反映了译者个人的文化背景和思维方式,另一方面也迎合了当时中国读者的欣赏习惯和审美期待。尽管这样的改编在一定程度上偏离了原著的风格,但其文化适应策略却拉近了译作与读者的距离,使福尔摩斯这一异域侦探形象更容易为中国读者所接受和喜爱。

也许上面一处程小青对译文的增补不会对原著的人物关系设定产生影响,但有的时候,为了顺应中国读者的期待,程小青甚至违背原作人物关系的设定,"强行"在翻译中进行增补:

"I've heard of your methods before now, Mr. Holmes."

"密司忒福尔摩斯,吾久耳盛名,崇拜无异。"(程小青译)

"在这之前,我已经听说过你的方法,福尔摩斯先生。"(李家云译)

在《海军密约》原著中,这是一位警探对福尔摩斯说的话。如果通读了作品原文,我们会发现这位警探对福尔摩斯很是反感,他们二人之间几乎是针锋相对。但从程小青所增补的"吾久耳盛名,崇拜无异"来看,读者读到的都是这位警探对福尔摩斯的崇敬之情,与原著相去甚远,不符合他们在原著中关系的设定。相反,在李家云的译本中,就按照原著的设定,直接翻译出来,忠实地再现了原文的人物态度,没有做出额外的改动。因此,这不能不说,程小青为了将福尔摩斯塑造成为受人尊重的"大侦探"也是费了一番功夫,甚至不惜"违背"著作的情节设定,去满足当时读者对福尔摩斯形象的期待。

两位译者的不同处理,反映出了不同的翻译策略取向。我们可以从两个方面来看待程小青"增补"的翻译策略。一方面,程小青在对话中加入了更多符合中国礼仪美学的表达,使得福尔摩斯在其译本中更具礼貌。这不仅反映了程小青对当时社会读者期待的考量,也显示了译者在翻译中进行"文化调节",通过增补的手法将外来文化与本土价值观进行融合。程小青的这种增补手法,虽然在一定程度上背离了原文的"意义",却也让作品更贴近清末民初中国读者的文化习惯和审美期待。在翻译过程中,他通过增加对话中的礼貌用语和赞美词汇,强化了英雄和正义角色的形象,这种方式在中国文学中常用来烘托人物的正面形象。这不仅体现了翻译者对目标语言文化的深刻理解,也展示了如何通过翻译介入,将外国文学与中国传统文化巧妙结合的艺术。

另一方面,程小青这样的增补在一定程度上削弱了原作中人物形象的丰富性和矛盾性。柯南·道尔笔下的福尔摩斯固然才华横溢,但也不乏令人不喜的特质,并非人人都对他心存敬意。程小青的译文则倾向于将他理想化,淡化了他与他人的冲突,导致其形象变得相对单薄。

因此,文学翻译中的"创造性叛逆"①是一把"双刃剑"。它一方面有助于译作在目标语语境中获得认同,另一方面也可能对原作的艺术特色造成负面影响。作为译者,如何在忠实与创新之间进行"文化协调"并取得平衡,是一个永恒的话题。因此,就程小青的译文而言,其"增补"的翻译策略使用固然有文化适应和文化调节方面的考量,但在某些细节处理上或许走得过远,以至于与原作产生了不必要的抵牾。这提醒我们,译者在对原文进行再创造时,还需对作品进行更全面细致的把握,审慎斟酌改动的尺度,以免损害原著的艺术魅力。唯有如此,才能更好地实现翻译的使命,既让译作为异域读者所接纳,又能传达原作的神韵风采。

---

① "创造性叛逆"一词由法国社会学家罗伯特·埃斯卡皮(Robert Escarpit)在《文学社会学》中首次提出,英文为"creative treason"。它是个中性词,是对译文与原文之间必然存在的某种"背离""偏离"现象的一个客观描述。

三、福尔摩斯形象的"中国化"

前文提到,由于不同的社会历史文化背景,东西方读者的价值取向和审美情趣存在差异。西方文学作品在塑造人物形象时,注重塑造人物的个性,注重对人物进行多维度的刻画,着力突出人物形象的独特性,允许甚至鼓励主人公具有某些缺点和怪癖。西方作家认为,这样才能塑造出更加立体、鲜活的人物形象。例如,福尔摩斯在生活中表现出随意和邋遢,与他敏锐的观察力和缜密的逻辑思维形成鲜明对比,恰恰凸显了这一人物的独特个性。

相反,中国传统文化中的圣人观念,要求一个德才兼备的人物在生活和为人处世各个方面都能做到完美无缺,尤其是具有崇高社会地位的人物,更应该克己复礼、以身作则。具而言之,在中国的公案小说中,清官大多是铁面无私、为民请命、伸张正义的代表,性格大多完美无缺。在世界文学文化交流主要限于纸质交流的清末民初,当时的中国读者对于福尔摩斯系列侦探小说原著中福尔摩斯形象的接受难免会存在一些困难。同样,程小青在翻译《海军密约》时,也将福尔摩斯的一些怪癖和缺陷删略不提,并为其披上了"中国的外衣"。在原文中,对于福尔摩斯的生活细节有着这样一处描述:

"I will be at your service in an instant, Watson. You will find tobacco in the Persian slipper."

"华生,汝少坐,吾事斯须即了。"(程小青译)

"华生,我马上就可以听你盼咐了。你可以在波斯拖鞋里拿到烟叶。"(李家云译)

这段文字描述了这样一个情景:当助手华生拿着当事人的信件来找福尔摩斯时,福尔摩斯正忙于另一案件,便对华生说出了这句话。从上文的对话来看,福尔摩斯将烟叶放在拖鞋中,我们可以推断他的居所十分凌乱,这种行为甚至有些怪异。在原著中,福尔摩斯在工作上谨慎细致,但在个人生活上则常常马虎大意。

这种人物形象的反差设定,增加了人物本身的个性和多维性,在一定程度上增强了角色的吸引力。然而,从程小青的翻译观来看,这种随意的生活态度和习惯与福尔摩斯本人的身份和形象不相匹配。在中国文化中,一个高智商和极具专业能力的侦探形象在塑造过程中,应该在生活和工作中都具有整洁有序的个人习惯。因此,在程小青的译本中,这一细节被完全隐去,而在李家云的译本中则保留了下来。

除此之外,程小青在翻译中还删去了福尔摩斯展示感性、幽默和恶作剧性格特征的描述。这很有可能是基于他对当时社会历史文化语境和读者接受度的理解和判断。在原著中,福尔摩斯既严肃又爱开玩笑的双重性格是其角色魅力的一部分。这给读者展示了他不仅是一位杰出的侦探,还是一个有血有肉、具备人情味的普通人。然而,在不同的文化背景下,这种人物性格的塑造可能会被理解为不够严谨或不符合角色身份的设定,尤其是在案件情节比较严肃或紧张的时候。

例如,《海军密约》中有这样一处描述:福尔摩斯查处窃取密约的凶手并取回密约,交还给身体还较虚弱的珀西时,他并未直接将密约交到珀西手中,而是将密约放在珀西盖好的早餐盘中,给了他一份出人意料的惊喜,使他激动到差点晕厥过去。福尔摩斯本人还说道:"I never can resist a touch of the dramatic."这一幽默而又戏剧化的行为,在西方文化中可能被看作是福尔摩斯智慧和机智的体现,增添了故事的趣味性。然而,程小青可能认为,这样的行为很难被当时的中国读者接受或理解。因此,对于原著中关于福尔摩斯这方面性格的描写,程小青也一并删去,以保持故事和角色的严肃性和权威性。他想呈现给读者的福尔摩斯应该是一个工作生活都同样严谨认真、有着科学态度和知识的榜样式人物。这既是为了符合当时中国读者的心理期待,也与程小青本人对侦探小说教化功能的观点相契合。

四、女性形象的"中国化"

如前文所述,我们会发现在翻译福尔摩斯系列侦探小说时,程小青不仅仅是语言的转译者,更是一种文化的调解者和再创造者。他的翻译策略更像是一种基于目标语读者的文化调试。这也从另一方面说明了翻译的本质不仅是语言的转换,更涉及文化意义的重新构建和传递。

具体而言,程小青会根据自己的认知和判断,对原著中的人物形象、性格特征,甚至故事情节进行微妙调整,以适应他所理解的当时中国读者的文化心理和审美习惯。例如,他将女性角色的外貌和性格描述转化为更符合传统中国美学的方式,这不仅让这些角色更容易被中国读者接受,也使得整个故事的文化氛围和心理预期与中国读者的背景更加契合。在《海军密约》中,他同样对原著中女性的形象进行了中国化的处理。

在柯南·道尔的笔下,当事人珀西的未婚妻是西方文化中一类典型的女性形象——性格坚强的南欧女子。原著中是这样描写她的:在看到她的笔迹时,福尔摩斯判断"a woman of rare character"和"has an exceptional nature";在谈到她的性格时,福尔摩斯又说"a girl of strong character"。这样的女性形象与中国传统文化对女性的要求不相符合,显然不易被中国读者所接受。于是程小青在翻译时译为:"且余就字迹娟秀辨之,尤知此女秉性灵慧,异乎恒人。此女似绝明慧,迥非常伦。"

在程小青的翻译中,他使用"秉性灵慧"和"似绝明慧"等词汇来描述珀西未婚妻的性格。这些词汇在中国传统文学中常用来描述女性的智慧和非凡品质,这样既保留了原文中角色的独特个性,又符合中国读者对女性角色的期望,拉近了角色与清末民初时期中国读者的文化距离。

而在对珀西未婚妻外貌的描写上,原著中的描写则会带来更为强烈的中西审美观念的冲击,我们来看看程小青和李家云的不同处理方式。

"She was a striking-looking woman, a little short and thick for symmetry, but with a beautiful olive complexion, large, dark, Italian eye, and a wealth of deep black hair."

"貌颇逸丽,肤色雪白,柔腻如凝脂,双眸点漆,似意大利产。斜波流媚,轻盈动人,而卷发压额,厥色深墨,状尤美观。"(程小青译)

"她是一个异常惹人注目的女子,身材略嫌矮胖,显得有些不匀称,但她有美丽的橄榄色面容,一双乌黑的意大利人的眼睛,一头乌云般的黑发。"(李家云译)

原文中珀西的未婚妻被描写成一位身材有些矮胖、肤色较深的南欧女子形象,这与中国传统审美观念中的美女形象相差甚远。在程小青的翻译中,他选择了"肤色雪白""柔腻如凝脂"等描述,这些都是中国传统审美中赞美女性美丽的典型词汇,与原文的描述完全不同。这种调整无疑使得角色形象更加符合中国的传统美学标准。相比之下,李家云的翻译虽然也体现了对中国文化的考虑,如通过保留"乌云般的黑发"来呼应中国的审美,但在其他方面更加忠实于原文，展示了一个较为真实的南欧女性形象。

两位译者的不同处理方式表明，翻译者在翻译外国文学作品时面临着如何平衡原作忠实度与目标文化适应度的挑战。他们的不同翻译策略揭示了文化差异对文学翻译的深远影响，以及翻译者如何根据自己的文化理解和目标读者群体的特点来调整文本，以便更好地与读者沟通和产生共鸣。这种文化转换不仅是语言的转换，更是一种文化的传递和重新诠释。

综上所述，译入语文化语境包含了文本之外的诸多因素；译者作为一种特殊的语言使用者，在从事翻译这种跨文化交际的活动时，不可避免地要受到其影响，对自己的翻译活动进行多方面的考量。程小青早期的翻译活动体现出了他本人对译入语文化语境的多重考虑和抉择，以及对此做出的积极回应；他的早期侦探小说译著因此在当时中国的知识分子阶层大受欢迎，开创了西方侦探小说与中国传统公案小说接触交融的新局面，相应地促进了侦探小说这一新文学样式在中国的诞生，在中国翻译文学史和中西文化交流史上占有重要地位。

第六章　程小青侦探小说翻译的语言选择

第一节　概　　述

在清末民初侦探小说翻译热潮中,福尔摩斯系列侦探小说的代表性译作有两部,分别是 1916 年 5 月由中华书局出版的《福尔摩斯侦探大全集》和 1930 年由世界书局出版的《福尔摩斯探案大全集》(以下简称《探案大全集》)。这两部译作在翻译语言上存在显著差异:1916 年版《侦探大全集》采用文言文作为翻译语言;1930 年,世界书局出版的《探案大全集》采用白话文翻译,不仅使文本更加通俗易懂,也扩大了侦探小说的读者群体,促进了福尔摩斯故事在中国的普及。

众所周知,译作语言的选择会受到当时主流诗学形态、出版机构、译者等诸多因素的影响。程小青作为这两部重要译作的主要参与者和组织者,对其翻译语言的选择进行考察,会帮助我们理解当时中国社会对翻译语言的需求和偏好,更好地把握当时主流翻译语言的选择情况和演变轨迹。本章拟从语言顺应论的角度,探讨程小青在不同时期侦探小说翻译中的语言选择策略,对程小青不同时期侦探小说翻译的语言选择策略做整体考察。

第二节 语言顺应论与翻译

系统提出语言顺应论(theory of linguistic adaptation)的学者是国际语用学会秘书长、比利时安特卫普大学教授耶夫·维索尔伦(Jef Verschueren)。这是首次将认知与情感纳入语用学研究的新论。维索尔伦认为语言的使用即为一种选择语言的过程,且语言本身所具有的三个特征——变异性(variability)、商讨性(negotiability)和顺应性(adaptability),正是这些属性使使用者能在交际过程中做出各种恰当的选择,让交际得以顺利进行。顺应性是语言的三个特征中最重要的一个,是指"语言能够其使用者从各种可供选择的语言类别中做出恰当灵活的选择,符合语言交际的需要,从而使其得以顺利进行的特性"[44]。

语言顺应论从四个方面对语言的使用进行考察和研究,即语境关系的顺应、语言机构的顺应、顺应的动态性和顺应过程的意识程度。其中顺应的动态性是该理论的核心,即语言使用者做出的选择务必要迎合语言结构和语境之间的动态关系,即动态顺应。

维索尔伦将动态顺应这一概念分为交际语境和语言语境两个方面,其中交际语境涉及空间和时间的指称关系、语言使用者在交际中需遵守的规则以及交际双方的心理需要。而语言语境指的是文本外部的社会交际的文化背景等方面的内容。在单语交际中,言语的使用者都会自觉或不自觉地在交际过程中就上述方面的内容进行考虑,从而选择交际的语言方式。和单语交际相比,翻译同样也是一种语言选择的过程,大到原文的选材,小到翻译中的词义,翻译活动的每一个过程都包含译者对各种选择深思熟虑的甄别。

不同之处在于,翻译活动既是一种不同语言文化间的交际活动,也是一种语言转码活动,所以翻译有着更为复杂的选择层面。成功的译者在翻译伊始就必须对文本内外的多重因素进行细致入微的考察,如原文的选择、双语的文化背景差异、读者的接受能力、接受心理以及审美观等多个方面。而后译者在翻译中需要根据这些因素做出合适的选择，他每次做出的选择都是为了顺应影响翻译结果的因素。宏观方面的选择要顺应译入语文化传统、译本传播以及翻译赞助人的需要。微观方面的选择要顺应读者的接受能力和心理需要。当然翻译是一种涉及源语和译入语两种文化、涉及译者及译入语文化语境中诸多方面的复杂的交际活动，译者做出的努力在一次翻译活动中不可能达到全方位的顺应。但是只要译者能够对不同时期语言历史文化背景进行深入考察，顺应身处该文化中的接受对象，积极主动地选择恰当的翻译策略，进行灵活的顺应性翻译，即可认为是成功的翻译。

第三节　早期侦探小说的翻译语言选择

程小青侦探小说翻译语言选择的分界线基本可以划定在1930年，在此之前他采用文言文翻译侦探小说，在此之后，改用白话文翻译。需要指出的是，程小青的第一篇白话文侦探小说译作尚无定论，根据现存史料，从1919—1929年这十年期间没有程小青的侦探小说翻译记载，但1930年版的《福尔摩斯探案大全集》是其较早的白话文译作。笔者选定1930年作为翻译语言的分界点，其依据是程小青的两次代表性侦探小说翻译活动：1916年中华书局出版的《福尔摩斯侦探大全集》和1930年世界书局出版的《探案大全集》，前者采用文言文翻译，后者用标点白话文重译。笔者认为程小青在1930年之前选择文言文作为译入语主要有以下几方面原因。

一、顺应当时译入语的文化传统

中国自古以来就是"文言分家"，受严复翻译标准中"雅"的观念的影响，"文笔雅驯"成了当时译界对翻译优劣的评判标准。吴汝纶为严复所译的《天演论》所撰的序言中便有这样一句："文如几道，可与言译书矣。"[45]可见若没有好的文笔，连从事翻译的资格都没有。期间虽有过两次白话文运动（晚清的白话文运动和五四白话文运动），但就连新文体和新小说的倡导者梁启超也曾说："拙劣的译文会被利用反对新学的借口。"[46]梁启超对于文言文的态度是矛盾的，他反对严复提倡典雅的"先秦"式的文言文，认为严复所用的"先秦"文言文是写给文人士大夫看的，以期满足这类人群的审美需求。但为了推广新学，梁启超认为应当用浅显的文言文而非白话文。在梁启超等人的极力倡导之下，当时虽有不少"先秦"式的文言文译作存在，但大多数译作或创作采用的语言都是较为浅显的文言文。

对当时的小说语言进行考察，可以发现"晚清的小说界基本上为白话小说所主宰，但文言小说的传统仍在延续着，而最晚至1909年始，文言小说逐渐在小说界获取主导的地位，并在进入民国以后的十年间呈现出空前绝后的繁荣局面"[47]。庄逸云博士对此现象进行了较为深入的分析，认为当时文言小说风行大致有以下三方面原因：其一，主张保存国粹者虽一直捍卫文言的地位，但直到晚清的最后几年尤其是辛亥革命以后才大量投入创作；其二，当时的读者群更多的还是"有思想、有才力"者，他们更倾向于阅读文言作品；其三，袁世凯政府尊孔复古的政策得到很多人的响应，强化了这种传统审美观。当时享有盛誉的严复、林纾等人就是以古文笔法进行翻译创作的，得到了知识阶层的推崇。在这样的历史环境下，程小青主导的1916年版的《福尔摩斯探案全集》及其他程小青的侦探小说译作，所采用的正是平易畅达、杂以俚语、韵语及外国语法的文言文。因此，笔者认为受到当时清末民初独特的政治、社会、文化等因素的影响，程小青的采用文言文翻译是为了顺应当时主流译入语创作的语言文化规则。

二、顺应译本被接受的需要

自1896年第一部侦探小说被译介入中国以来，这种新奇的文学形式确实引起了中国读者极大的兴趣。侦探小说以其独特的叙述方式和精巧的情节设计，为中国的文学市场带来了全新的阅读体验。侦探小说作为刚刚译介入中国的新文学样式，要想在中国文学的多元系统中占有一席之地，被更广大的读者所接受，并非一件易事，仅靠新奇的样式和情节设计是远远不够的。侦探小说在中国的初期传播受到了多方面的限制。尽管这类作品具有较强的娱乐性和吸引力，但由于其外来的文化背景和价值观念，在文学正统中很难获得认同。

清末民初的中国，普通民众的文化教育水平普遍较低，大多读者并不具备阅读能力。能够阅读和欣赏小说的主要还是文人士大夫等受过较好教育的上层社会人士。受传统文论的影响，他们对于"纯文学"与"通俗文学"的界定颇为严格，强调"文以载道"，尤其看重文学的道德教化功能。对于形式和内容上显得轻佻或娱乐性较强的作品持批评态度，受此影响，小说长期被当时的知识界排除在文学门类之外。侦探小说作为一种从西方引入的新兴文学样式，通常会被视为轻佻的娱乐读物，在当时的知识界很难获得认同。

程小青作为西方侦探小说的推崇者和翻译者，他极力想借侦探小说介绍西方先进的社会文化，以达到他通过文学改变中国现状、"治国图强"的目的。因此，侦探小说"译作"的"出路"问题是他不得不斟酌的重要问题。在任何一个社会中，最易于接受外来事物的群体就是上层社会的文人士大夫或是知识分子，其中还有众多的守旧读者，如何让这个群体接受侦探小说及其包含的西方先进文化思想便是重中之重。对于这些长期浸淫于古文之中的传统文人而言，文言文是他们阅读和写作惯用的"专属语言"，要他们突然用白话文来阅读一种新的文学样式，实为难事。若程小青用白话文翻译侦探小说，对于对小说这一文类不屑一顾的文人士大夫来说，则更难以接受。反之若用"先秦"式的文言文来翻译西方的侦探小说，侦探小说中包含的外来文化和思想的新词语以及新的文体结构则无从体现。传递先进文化、思想的目的难免要大打折扣。

程小青巧妙地选用浅显的文言文夹杂外国语法，不仅满足了这类读者的阅读习惯，同时也符合了侦探小说这一"舶来品"应有的"新鲜感"。因此他的译本被当时社会的上层知识阶层接受并大受欢迎。对此，当时侦探小说的畅销程度便能给予印证：晚清有三种小说大受读者的欢迎，即域外的侦探小说、科学小说和政治小说，三者之中，侦探小说译作的数量首屈一指，远超其他两类。在这段时间的"畅销书"的排行上，体现得更为明显。1898—1916年间出版的翻译小说中，排在第一的是柯南·道尔的小说（32种），其次是哈葛德的小说（25种），并位列第三的是大仲马和凡尔纳的小说（17种）。需要指出的是，关于"畅销书"的排列，因时隔太久，已无法统计当年小说的印数，因此，本书研究中只能以种数来计算。

综上所述，我们不难发现程小青在翻译伊始对于译本接受问题的深思熟虑，并在此基础上对翻译语言所作出的正确选择，他的语言选择顺应了知识阶层的阅读需要，顺应的结果也是令人满意的。

三、顺应译者的用语习惯

"任何一种翻译活动,都离不开在翻译主体中起决定作用的译者,都离不开译者对原作者所认识的事物的再认识与再表达"[48]。作为文学翻译的译者不仅要精通两种以上的语言,同时还要具有作家的文字表达能力以及语言感觉。对1919年版《福尔摩斯探案全集》的译者进行考察,我们会发现他们不仅是侦探小说的译者,同时还是中国近代小说"鸳鸯蝴蝶派"的代表作家。这些译者中的一些人都是长期从事文学活动的知名作家,如严独鹤、周瘦鹃、刘半农等人。他们既受过传统的中国私塾教育,也具有留学背景或较高的外语水平。比如,严独鹤自1914年起在上海主持《新闻报》副刊笔政长达30余年。他每天撰写"谈话",积累了丰富的文言文写作经验,著有长篇小说《人海梦》《严独鹤小说集》等。他的翻译风格严谨,文笔流畅。又如,译者周瘦鹃,1916—1949年在上海中华书局、《申报》、《新闻报》等单位任编辑和撰稿人,主编《申报》副刊达十余年之久。他不仅在翻译外国文学作品方面有重要贡献,还创作了大量的小说和散文。他具备深厚的文言文功底和传统教育背景,具有较高的外语水平和留学经历,能够熟练地运用文言文进行写作和翻译。

程小青早年就读于上海南市私塾,饱读四书五经,具有扎实的古文功底,所以选择文言文作为译入语顺应了译者自身的用语习惯,这一点我们从表6.1所列的他早期侦探小说的译作和创作情况也能看出,程小青早期采用文言文翻译侦探小说。

表6.1 程小青侦探小说著译年表(1914—1919年)

发表年份	侦探小说译作	刊名或书名	侦探小说创作	刊名或书名	所用语言
1914			《灯光人影》	《快活林》	文言文
1915			《鬼妒》《牺牲》《国与家》	《小说海》《小说大观》《礼拜六》	文言文

续表

发表年份	侦探小说译作	刊名或书名	侦探小说创作	刊名或书名	所用语言
1916	《X与O》《铜塔》	《小说大观》	《嫁祸》	《春声》	文言文
	《窗中人影》《悬崖撒手》《红圆会》《罪数》	《福尔摩斯探案全集》	《花后曲》《领钮》《司机人》	《小说大观》	
1917	《角智记》	《小说大观》	《鬼窟》等计6篇	《小说月报》《小说海洋》	文言文
1919	《黄眉虎》《双耳记》等计17篇	《欧美名家侦探小说大观》	《江南燕》《石上名》	《小说大观》	文言文

如果说程小青用文言文翻译侦探小说是为了顺应当时的社会文化传统和文本的接受需要,那么他早年创作的多篇侦探小说大多采用文言文,则从另一方面证明了他的文学用语习惯所在。这样一来不仅顺应了前两个外在因素,也顺应了译者自身的用语习惯。这就使得他能够出色地胜任翻译活动中译者的"作者"身份,使他侦探小说的译作文笔流畅,也让这一外来文学种类在内容与形式上让读者体会到浑然一体的艺术意境。

第四节　中后期侦探小说的翻译语言选择

翻译活动作为一种沟通模式,极其依赖于沟通的媒介——语言和文字。一般而言,沟通的媒介并不会成为翻译活动的障碍,译者只需使用译入语正常地进行翻译便可以了。倘若译入语正处于一个特殊的时期,如正处于发展或急剧变化之时,这时沟通的媒介便会令译者踌躇。清末民初的中国便是这样的情况、较之"译什么""如何译",选择何种式样的译入语成为翻译活动的首要问题。"如何译"取决于翻译的目的,这种目的经常会受到译入语文化的时代等方面因素的影响和制约。在1930年之后,程小青用白话文重译了之前所有的作品。

对于这种译者突然变换译入语的情况,我们可以从以下两个方面来考察其缘由。

一、顺应译入语的变革

宏观方面有两个因素主导了当时译入语的变革:其一,两次白话文运动。以晚清白话文运动作为基础(晚清白话文运动始于1898年,时年裘廷梁发表了《论白话为维新之本》,该文被认为是晚清白话文运动的理论基础),随着五四白话文运动的不断推进,白话文之风开始在当时的中国盛行起来。白话文小说报刊接二连三问世,就连一直奉行渊雅的"先秦"文体的严复也在报刊上发表宣言似的文章,指出"繁法之语易传,简法之语难传"[49],并提倡采用口说之语言和繁法之语言翻译和创作小说。严复所指的"繁法之语"就是和简括文言相对应的白话文,因为对于像他这样用惯了古文的人来说,突然运用白话文翻译或创作,其别扭和困难是可想而知的,所以严称白话文为"繁法之语",而他们惯用的文言文便是"简法之语"。

其二,政治因素。小说领域之外也是如此,随着白话文报刊的大批涌现,文言文纷纷出现俗话的倾向。政府当局也承认白话文提升到国语地位已是大势所趋,1920年1月中华民国政府教育部颁布命令,国民学校低年级国文课课本统一采用白话文。由此,白话文在文化地位上全盘取代了沿用数千年的文言文,成为主要的文化载体。除此之外,翻译赞助人对程小青翻译语言选择的影响也不容忽略。1930年,资方世界书局认为白话文小说会更有读者市场,邀请程小青主持福尔摩斯系列小说的翻译,让小青把1916年中华书局版的文言文《福尔摩斯探案全集》全部用白话文重译,并搜集和翻译柯南·道尔的其他侦探小说(总计54篇,70多万字),集结成《探案大全集》。程小青本人之前虽一直使用文言文进行侦探小说的翻译与创作,但随着当时译入语文化变革的不断深入,受这些因素的影响和推动,他本人也逐渐意识到文学语言向白话文变革的趋势是难以逆转的。因此,不难发现他在中后期选择白话文作为译入语是为了顺应译入语的变革。

二、顺应文本传播的需求

如果说早期程小青采用文言文翻译是为了顺应当时的中国文化传统和知识阶层的阅读习惯,旨在向中国"输入"侦探小说,并让这一新文学样式为中国的知识阶层所接受,可以认为,他为顺应译入语的变革选择了正确的译入语,顺应的结果也是令人满意的,他确实打开了侦探小说在中国接受的"点"。在中后期,程小青审时度势,顺应译入语的文化变革,采用白话文翻译侦探小说,并重译原来的所有作品,是顺应侦探小说在当时中国传播的需要,进一步扩大侦探小说接受的"面"。

正如上文所述,受传统文学观念影响,中国长期以来"言文分家",教育不普及。文学作品大多是用文言文所作,其目标读者是使用文言文进行阅读和创作的文人士大夫。他们用文言文来维护自己队伍的"纯洁"[50],纵观中国长期以来的文学文化传播史,能够接触第一手文学作品,并领悟其中文化思想的人,必须受过良好的传统中国式教育。因为这些作品都用文笔雅驯的文言文所作,而这无疑成为那些"仅识字之人"接受文化和历史教育最直接的障碍。那么对"仅识字"的平民大众来说,他们只能通过说书、戏剧等方式来了解作品所包含的文化和历史。白话文对于文人来说只不过是体恤没有学识平民阶层的一种"慈善文体"[51]。当时,梁启超提出"小说界革命",这一运动的目的并不是针对这种文学体裁,而是要改革群众,"教化愚民",以此达到他改革政治的最终目的。这种"教化愚民"的意图,对于翻译语言的选择和运用,产生了很大影响。梁启超将文言文看作是窒碍民智发展的负面力量。身为同时代的文人,程小青文学活动的目的和梁启超不谋而合。程小青一生从事侦探小说的翻译与创作,对侦探小说在传播科学知识、教化国民等方面的作用是持肯定态度的,他认为"侦探小说是一种化装的通俗科学教科书"[30]。

程小青意图借侦探小说来"教化民众",以期达到"治国图强"的目的。在当时社会,文化教育不普及,采用白话文翻译侦探小说,无疑会扩大侦探小说译本的读者面,并对侦探小说的在中国的大范围接受和传播起到积极的作用。不难发现,程小青的中后期侦探小说译作在大众读者中大受欢迎和广为流传与他顺应了译本传播的需求、顺应大众读者的接受能力密不可分。

在翻译这种特殊交际活动中起决定作用的译者,要想成功实现译作跨文的交际功能,就必须关照翻译语言的选择与交际语境、语言语境和交际对象之间的一致性,顺应特定的语境条件和交际对象,有目的地灵活地选择翻译语言。程小青根据当时国情的具体翻译目的,顺应译入语的文化传统、译入语的变革以及译本接受和传播的需要,在不同时期选择了不同但恰当的翻译语言进行翻译活动。因此,他早期的文言文侦探小说译作能够被中国的知识阶层接受和赏识,同样他的中后期白话文译作也在中国大受欢迎、广为流传,掀起了西方侦探小说在中国翻译的热潮。程小青的翻译活动为中国侦探小说的诞生作出了重要贡献,在中国翻译史和中西文学交流史上占有重要的地位。

第七章　程小青侦探小说的创作动机

第一节　概　述

　　程小青作为中国早期的侦探小说翻译者和创作者,其对于侦探小说的贡献远超出单纯的文学翻译和创作。他文学活动的动机深植于对文学作为文化和社会变革工具的深刻理解。如前所述,在翻译过程中,程小青不仅将西方的侦探小说文本转换为中文,更是在翻译过程中发挥着一种文化调节者的作用,不断地通过中西文化调试将西方侦探小说的深层社会意义和文化价值介绍给清末民初的中国读者。在他看来,侦探小说通过其复杂的情节和人物塑造,提供了一种独特的视角来观察和反思社会现实,揭示人性的复杂性,以及社会正义的重要性。

　　除此之外,程小青并不只满足于将侦探小说译介到中国。在翻译侦探小说的同时,他还模仿着创作了中国最初的侦探小说,力图使这一体裁根植于中国的文化土壤之中。他的侦探小说翻译和创作活动为这一新文学样式在中国的成功引进和吸收作出了杰出的贡献。程小青一生热衷于侦探小说的翻译和创作,留下了不少侦探小说著(译)作,他还撰写了数篇理论文章谈论侦探小说的创作以及侦探小说的文学地位。

学界对程小青的研究始于其侦探小说的创作,随后转向其侦探小说的翻译,现有的研究成果大多是关于侦探小说创作的风格、体裁等方面,鲜见有对其创作动机的研究。本章尝试结合程小青的翻译和创作活动,综合外在和内在的因素,对程小青创作侦探小说的动机给出合理解释。

第二节 创作活动的外因:当时翻译活动的概览

统计数字表明,1905 至 1918 年期间出版的翻译小说约为 1000 种,已经超过了此前出版的翻译小说的总和。[52]有学者称:"晚清小说刊行的在一千五百种以上,而翻译小说又占全数的三分之二。"[35]1919 年,极力鼓吹文学的社会功能,高举"民主"和"科学"两面大旗的五四新文化运动序幕的拉开,更是将文学翻译推到了一个新的高潮。当时侦探小说的翻译与其他两类小说(科幻小说和政治小说)一起,成为风靡清末民初,尤其是 20 世纪最初 20 年中的我国译界三个最主要的翻译小说品种。[52]

当时译者们对于侦探小说等文类翻译的热衷,究其原因,还是出于侦探小说这一新文类本身所蕴含的进步精神:"侦探小说宣扬的是一种法治,而不是人治;要求的是科学实证,而不是主观臆断;讲究的是一种人权,而不是皇权。"[53]一方面,侦探小说蕴含的这种精神恰好符合了当时中国社会中一些进步者的思想,正是他们所需要用来改造国民性、改变现有社会制度的一种先进的西方文明;另一方面,当时的侦探小说翻译家们似乎也看到了侦探小说所带有的这种科学和民主的精神。

19 世纪末 20 世纪初期,中国社会处于剧变时期,晚清的衰落和新文化运动的兴起,使得社会各界对新思想、新文化的需求空前高涨。通过译介,西方的侦探小说在这一时期传入中国,受到欢迎不仅仅是因为其娱乐性,更因为它们所体现的现代文明理念深得人心。

侦探小说以其严密的逻辑推理、科学的办案手法和对法律公正的强调，为中国读者提供了一种全新的视角来观察和思考社会问题。阅读这些小说，不仅能有耳目一新的感觉，读者在享受阅读乐趣的同时，更能在潜移默化中接受现代法治观念和科学精神的熏陶，对推动社会进步发挥积极影响。

如前所述，侦探小说的翻译工作者大多具有深厚的文学素养和强烈的社会责任感。他们不仅精通外语，能够准确传达原作的内容和风格，还具有敏锐的文化意识，能够在翻译过程中融合中西方文化，创造出符合中国读者口味的作品。严独鹤、周瘦鹃、刘半农等翻译家都是当时文坛的翘楚，他们通过翻译侦探小说，推动了侦探小说这一文学形式在中国的传播和发展。

早期的这些译者认识到，侦探小说大多具有民主和科学精神，强调文学的社会功能。它不仅是娱乐工具，更是启迪民智、推动社会变革的重要力量。侦探小说通过描绘公正的法律制度、科学的探案方法和正义战胜邪恶的主题，激发了人们对现状的不满和对美好社会的向往，成为推动当时社会进步的重要力量。

程小青侦探小说的翻译始于1916年3月，他在《小说大观》第五集上与刘半农合译了英国小说家威廉·勒荀（William Le Queux，今译威廉·勒·奎克斯）所著的侦探小说《X与O》。随后，应中华书局之邀，程小青与周瘦鹃等合译的文言文版《福尔摩斯探案全集》在1916年4月问世，从此踏上了翻译侦探小说的道路。这正值侦探小说在国内翻译的第一次高峰期，程小青一边翻译侦探小说，一边创作侦探小说。

受到当时"治国图强"翻译动机的影响，侦探小说所宣扬的法治精神、科学实证和人权理念，激发了程小青对侦探小说的翻译兴趣，并为他的翻译活动提供了明确方向。他不仅通过翻译引入新的文学形式，丰富中国读者的阅读体验，同时也希望借此传递进步思想，推动社会变革。

程小青的翻译动机深受时代环境影响，既有对新颖文学体裁的追求，也承载着对社会现实的关怀和文化交流的使命。下面将从文学、社会和文化三个方面对程小青翻译侦探小说的动机进行梳理和分析。

就文学动机方面而言，程小青翻译侦探小说，不仅是为了引入新的文学形式，更是为了通过这种新颖的文学体裁丰富中国读者的阅读体验。他意识到，侦探小说复杂的情节和精妙的推理能够吸引大量读者，同时也能够在潜移默化中传递科学和理性的思维方式。程小青希望通过引进侦探小说,提升当时中国小说的艺术水平,促使本土作家在创作中借鉴和运用这些新技巧,推动中国文学的多样化和创新。他认为,侦探小说不仅可以为读者提供娱乐,还可以在文学中注入更多的逻辑推理和科学思维,提升整体文学素养。

就社会动机方面而言,在当时的社会背景下,中国正处于剧变之中,社会各界对新思想、新文化的需求极为迫切。侦探小说中的法治观念、科学精神和人权意识,正是社会进步所需要的思想武器。程小青通过翻译侦探小说,试图引导读者关注社会现实,增强对法治和正义的理解和认同。他认为,侦探小说通过揭示犯罪和解决案件,可以教育公众认识法律的重要性,推动社会朝着更加公平和公正的方向发展。同时,侦探小说中的科学实证方法和逻辑推理等内容,可以培养读者的科学思维和批判精神,助力社会的现代化进程。

就文化动机方面而言,程小青翻译侦探小说的另一个重要动机是促进文化交流与融合。他希望通过翻译,将西方的优秀文学作品和先进思想引入中国,同时也希望能够在这一过程中,探索适合中国读者的文学表达方式。他不仅是一个翻译者,更是中西文化交流的桥梁,致力于推动中国文学的现代化进程。通过引进侦探小说,程小青试图将西方的文化元素与中国的传统文化相结合,创造出具有中国特色的文学作品。这种文化融合不仅可以丰富中国的文学创作,还可以促进中西文化的相互理解和交流,推动中国社会的文化变革与发展。

综上所述,程小青翻译侦探小说的动机不仅仅是为了引入一种新的文学体裁,更是为了通过这种体裁传递科学理性、法治观念和人权意识,推动社会进步和文化交流。他的翻译活动体现了他对文学的深刻理解和对社会现实的敏锐洞察,以及他在文化交流中所扮演的重要角色。

第三节　创作活动的内因:福尔摩斯系列小说的翻译

正如范烟桥所称,程小青的创作模仿了柯南·道尔的写法。程小青身兼侦探小说的读者、译者、创作者三重身份,这三种身份并不是分裂的,而是交融于程小青一生的文学活动中。在创作前,程小青就读到了福尔摩斯这一小说人物,算是有过直接接触。1916年,应中华书局邀请,程小青与周瘦鹃等人用文言文合译了我国第一部柯南·道尔作品全集《福尔摩斯侦探案全集》,计十二册,其中第六、七、十、十二册中都有程小青的译作。在此次翻译过程中,程小青对侦探小说有了深入的接触,并且表现出极大的兴趣,于1919年发表了文言文侦探小说《江南燕》。在这篇小说中,首次出现了他模仿柯南·道尔笔下福尔摩斯所创造的霍桑这一私人侦探角色。从此他对侦探小说的创作,便一发而不可收,在其后的几十年间创作了三十多部霍桑探案系列侦探小说。

据"程小青著译年表"[1]显示,程小青从事福尔摩斯侦探小说的翻译与他个人的侦探小说创作基本上是同步进行的,因此《福尔摩斯侦探案全集》对《霍桑探案集》的影响也是不争的事实。通过比较《霍桑探案集》和《福尔摩斯侦探案全集》这两套小说,我们发现前者对于后者有很重的模仿痕迹,主要表现在人物形象与叙事视角两个方面。

在人物形象方面,《霍桑探案集》中的主人公霍桑与包朗的搭配模式,其原型就来自《福尔摩斯侦探案全集》中的福尔摩斯与华生。从两位主人公来看,柯南·道尔所塑造的福尔摩斯不仅博学,而且善于观察和推理;同样,我们在程小青所创造的霍桑这一形象上也很容易发现这些特点。其次,两位主人公的性格有共同点,他们都极富正义感,反对迷信,崇尚实证。

在叙述视角方面,《福尔摩斯侦探案全集》采用限知叙事的第一人称"我"来叙事;叙述的发展呈现出单线发展的模式,并且这种限制叙事的"我"就是福尔摩斯的搭档华生。作为叙事者,华生并非全知全能,华生所看见的,就是读者所看见的,而华生没有看见的,则是小说的悬念所在。程小青的《霍桑探案集》也采用了这种叙事角度。同样,这种第一人称的叙事方式总是限制在功能型人物包朗的身上,如:"我们对于向玉书的生平并不是很熟悉,霍桑又有什么根据,能够立刻去拿凶手。"[54]

通过以上对程小青侦探小说的译作与其创作在故事人物和叙事角度两方面的相同之处的对比与分析,我们不难发现《福尔摩斯侦探案全集》对《霍桑探案集》的创作有非常显著的影响。这种影响并非巧合,而是程小青有意识地从原著中汲取营养,积极地进行模仿。程小青曾撰写数篇有关侦探小说理论的文章。通过阅读这些文章,我们不难发现他对侦探小说这一新文学样式持肯定态度。

首先,他认为侦探小说具有唤起国民好奇心的作用。在《侦探小说的功利观》一文中,程小青从"为艺术的艺术"和"为人生的艺术"的争论出发,论述侦探小说唤起国民好奇心的现实作用:"我们知道人类文明的产生和演进,不外乎两种动力,其一,由于实际需要,其二,由于好奇心。侦探小说的成因和存在,就根据着人们的好奇心……"[55]我们不难发现当时的社会意识形态对国民好奇心的压制,以及在这种压抑下形成的消极的国民性;同时也能发现程小青借此对当时的社会意识形态的反感和批判,及其非常急切地想改变这种意识形态的意愿。

其次,程小青认为侦探小说对当时的社会司法制度具有一定的借鉴意义。在《侦探小说的功利观》一文中他说道:"我们的司法情形,就大体来说,委实也太可怜了,……那些不负责的侦探,只需随便抓一个张三李四,算是案中的凶手,于是天大的巨案,也可以就此了结,这样的办法,既然用不着什么科学的侦探方法,手续上当然简单的多,可是平民的性命,未免太贱了些!"[55]文中的这段话反映了中国当时社会制度的黑暗以及司法制度的落后。在当时,中国"人治"高于"法治",断案主观性很强,断案手法缺乏科学性;国民人权得不到合理的保障。而西方的侦探小说这一文类产生于西方工业革命之中,反映了当时西方社会所强调的"法治",所宣扬的民主和科学精神以及对人权的尊重。所以程小青认为西方侦探小说中,侦探们用的科学的侦探术所包含的相对先进的法律制度对我国的司法及断案手段有相当大的借鉴意义。

最后,程小青认为侦探小说具有教育和开化民众的作用。在《从"视而不见"说到侦探小说》中,他说道:"凡科学上的观察、集证、演绎、归纳和判断等等的方法,侦探小说可以说是应有尽有……我们读得多了,若能耳濡目染,我们的观察力自然也可以增进……"[30]程小青曾不止一次地在他的相关理论文章里提到"侦探小说是一种化装的通俗科学教科书",因为在他看来,,由于受封建思想和迷信的摧残和压迫,当时的国人思想保守,所欠缺的正是这样的科学方法和观察力。

通过上述分析,笔者认为程小青翻译侦探小说的动机有以下四个方面的原因:

其一,受当时大环境的影响,程小青个人的翻译动机与当时主流的翻译动机保持一致,即"治国图强"。在清末民初时期,中国正经历剧烈的社会变革和动荡,清政府的腐败无能和外国列强的侵略使得国家处于危难之中,社会各界普遍呼吁进行改革和现代化。程小青的翻译活动深受这一大环境的影响,他认识到引进西方先进的思想和制度对于国家富强至关重要。通过翻译侦探小说,程小青希望引入西方的法治理念和科学精神,推动社会的进步和国家的强盛。这种翻译动机与当时"治国图强"的主流思想一致,反映了他对国家和社会的责任感和使命感。

其二,利用侦探小说自身的特点,激发国民的好奇心,改善国民性。侦探小说以其复杂的情节、精妙的推理和悬疑的氛围深受读者喜爱,能够激发人们的好奇心和探索欲。程小青通过翻译侦探小说,让国民接触到这一新颖的文学形式;利用侦探小说引人入胜的特点,唤醒国民被封建思想长期压抑的好奇心和求知欲。他希望通过这种方式,能够促使人们更加关注社会现实,思考自身的处境和权益,从而改善国民性格,培养更加积极进取、理性思考的公民素质。

其三,通过侦探小说所蕴含的西方进步的社会制度,唤醒国民对清末民初社会制度的反思。侦探小说不仅仅是娱乐读物,它们往往体现出西方社会的法治观念、科学精神和人权意识,这些理念在当时的中国社会具有强烈的吸引力和感染力。程小青希望通过翻译这些作品,让国民在阅读过程中自觉地或不自觉地对比中西两种社会制度,认识到西方社会的先进之处。他希望通过这种对比,唤醒国民对新的社会制度的期盼,推动清末民初中国社会的改革和进步,促使人们追求更加公正、民主和科学的社会环境。

其四,通过侦探小说中包含的科学方法,传播西方先进的科学思想和知识,以开启民智,教化民众。侦探小说中常常使用科学实证的方法进行案件侦破,展示了逻辑推理和科学探究的重要性。程小青认为,阅读这些侦探小说,读者不仅能享受到阅读的乐趣,还能在潜移默化中接受科学思维的熏陶,提升整体社会的科学素养和文明程度。这种对科学方法的推崇和传播,有助于培养更加理性、科学的国民,提高整个社会的文化和知识水平。

总的来说,程小青翻译侦探小说的动机不仅仅是为了文学上的创新,更是为了通过这一体裁引进和传播先进的社会制度和科学思想,改善国民性,推动社会进步,实现"治国图强"的目标。这些动机共同作用,使得程小青的翻译活动在中国近代文学史上具有重要的意义和深远的影响。

第四节 创作动机——翻译动机的拓展与深化

翻译并不是单纯的语言之间的转码过程,正如文学创作活动一样,翻译也是一种具体形式的人类活动。既然两者都是人类具体的活动,文学创作和翻译不可避免地都包含有一定的动机,并受其支配。翻译活动本身就是一种跨文化交流。大部分著者在作品创作之初并不带有跨文化交流的目的,所以在跨文化交流中,著者并未起到什么作用,但作为跨文化交流活动中的译者,其主体性和动机却不容忽视。

侦探小说,或者更确切地说,福尔摩斯系列侦探小说的著者本身并不具有跨文化交流的动机,但侦探小说的翻译活动为中西文化与文学的交流搭建了一个重要平台。福尔摩斯侦探小说的汉译使中国出现了侦探小说这一新文学样式。而程小青本人热衷于中西文化交流,热衷于侦探小说的翻译和创作,不仅是因为上述动机,还与侦探小说本身所具有的一些特点有关,如侦探小说的故事情节、悬念设计等对他有一定的吸引力。

正如程小青在《侦探小说作法之管见》中所提到的:"中华书局出一部《福尔摩斯探案全集》,因瘦鹃老友介绍,教我帮同多译,我译了几篇,约摸二十万字,觉得书中的情节玄妙,不但足以娱乐,还注意浚发人家的理知。于是我对于侦探小说的兴味益发浓厚,文学方面也就偏重这一途了。"[56]这表明程小青在翻译过程中,不仅被侦探小说的娱乐性吸引,更被其逻辑推理和智慧启迪打动,最终对这一体裁产生了浓厚兴趣。

但翻译是一种苦活,译者需要在两种不同的语言文字及文化之间"跋山涉水",艰难徘徊。两种文字之间的转换以独特的魅力吸引着译者持续从事这项活动,但在文字魅力之外,必然有更为强大的动机促使程小青热衷于侦探文学翻译,并且这种动机促使他进一步投向于侦探文学的模仿和创作,开创我国自己的侦探文学门类。虽然文学并不等同于社会现实,但我们知道文学取材于现实的社会、生活,必然能反映出现实的社会,脱离现实社会的文学作品必然苍白无力。程小青将文学的创作与国家和民族的振兴联系在一起,希望通过创作侦探小说来教导国民、唤醒国民。

程小青的翻译动机,在他的侦探小说创作活动中得到了进一步拓展与深化,逐渐演变为他的创作动机。

第一,他试图通过原创侦探小说激发公众的爱国热情和社会责任感,推动国家的改革和发展。这是他"治国图强"翻译动机的进一步拓展。

第二,通过创作本土侦探小说,他希望更加直接地影响读者的思维方式和行为习惯,促进社会的理性化和现代化进程。这是他"改善国民性"的翻译动机的进一步延伸。

第三,程小青通过结合中国本土文化、人文风情的方式进行本土侦探小说的创作。他希望通过这种新颖的小说形式吸引当时的中国读者,通过中国本土侦探小说蕴含的相关特质唤醒国民对新的社会制度的期盼,推动中国社会的改革和进步,促使人们追求更加公正、民主和科学的社会环境。因此,在他的原创侦探小说中,这一翻译动机被进一步拓展为通过故事情节和人物设定,揭示社会问题和制度缺陷,激发读者对社会改革和制度创新的思考和追求。

第四,他通过原创侦探小说更直接地将科学探究和理性思维融入故事,意图培养读者的科学精神和创新能力。这是他"传播科学思想和知识"翻译动机的进一步拓展。

程小青因为阅读接触到西方侦探小说,并对其产生浓厚兴趣;通过翻译侦探小说,对这种文学形式有了深入的认识和了解。随后,他一边翻译侦探小说,一边模仿创作侦探小说,为西方侦探小说披上中国的外衣。通过创作侦探小说,程小青进一步实现了他的翻译动机。这两者相互作用、相互影响、相互转换,并且不断深入,统一于他的文学活动之中。最终,程小青将翻译动机与创作动机视为终生的文学活动动机;在为中国引进一位披着中国外衣的福尔摩斯的同时,也为中国创造出了一位自己的"福尔摩斯"。

第八章 结 语

程小青作为中国早期侦探小说的翻译者、中国本土侦探小说创作的先驱，在清末民初的特殊历史背景下，扮演了重要的文化使者角色。他不仅对西方侦探小说引入起到了重要的推动作用，还通过模仿和创新，创作了中国本土的侦探小说《霍桑探案集》，开创了中国现代侦探小说这一新的文学样式。

首先，作为中国早期侦探小说翻译与创作的先驱，程小青在清末民初这一特殊历史时期扮演了重要的文化使者角色。他组织的翻译活动和自身的翻译实践进一步推动了西方侦探小说在中国的传播，特别是柯南·道尔的福尔摩斯系列侦探小说的引入，极大地拓宽了中国读者的文学视野。与此同时，他又积极尝试本土化的侦探小说创作，以《霍桑探案集》等力作开创了中国现代侦探小说的先河。可以说，程小青以其突出的翻译才能和创作实践，为中国侦探小说乃至整个现代文学的发展注入了宝贵的新元素，是这一文学样式本土化进程的关键推动者。

其次，程小青的侦探小说翻译与创作实践体现了他作为启蒙知识分子的文化理想和使命担当。他之所以致力于侦探小说的译介，既源于个人的文学兴趣,更有向国人引介西方先进思想理念的深层用意。通过翻译,程小青将西方侦探小说中蕴含的科学精神、法治观念等新思想引入中国,试图启迪民智、唤醒国人,推动社会的变革与进步。同时,他又积极探索侦探小说创作的本土化道路,力图在吸收借鉴西方叙事模式的同时,注入中国传统文化元素,反映现实社会问题。无论是通过翻译还是创作,程小青始终笃信文学乃社会变革之利器。他以文学实践回应时代的召唤,体现了一个知识分子的社会责任感和历史使命感。

再次,程小青在侦探小说的翻译与创作中,身兼译者与作者的多重角色身份,展现出出色的文化协商能力。在翻译实践中,他既以忠实的态度传达原著的内容精髓,又以灵活的策略迎合读者的阅读期待。在面对不同文化语境中的差异性因素时,程小青始终努力在"舶来"与"本土"之间寻求平衡与契合。而在创作实践中,他又积极吸收域外文学养分,与本土文学传统相融合,孕育出新的审美理念和文学样式。在这一过程中,程小青发挥了译者与作者的能动性和创造性,实现了翻译与创作的互补,既促进了外来文化的传播,又推动了本土文学的发展。可以说,透过程小青的文学实践,我们可以深入认识翻译家与作家这一双重文化身份的丰富内涵和独特价值。

最后,程小青的翻译与创作实践,为后人留下了宝贵的文化遗产和智慧财富。时至今日,当我们重新审视程小青及其文学成就时,不仅要从中获得文学创作的技法与灵感,更要继承和发扬他身上所具有的民族精神和文化精神。在当代中国走向世界的进程中,文学的民族性与世界性依然有待深入探讨,不同文明之间的对话交流依然任重道远。程小青作为文化使者所开创的跨文化实践,无疑为今天的我们提供了宝贵的启示:唯有立足本土、博采众长,在继承传统的基础上革故鼎新,才能创造出既无愧于时代、又独具民族特色的文学经典。这需要当代文学家以海纳百川的胸襟和视野,继承发扬程小青等先贤的文化理想,在中西对话中推陈出新,共同书写人类文明的新篇章。

综上所述,本书通过对程小青侦探小说翻译与创作的多维考察,为清末民初的翻译文学研究提供了个案分析;通过对程小青侦探小说翻译与创作的研究,还原了一个鲜活而丰满的译者与作者形象,揭示了域外文学译介与本土文学发展的复杂互动,进一步丰富和深化了我们对现代中国文学与文化转型之间关系的认识。本书的研究意义不仅在于进一步丰富了程小青研究的资料和经验,推进了对侦探小说翻译与创作的认识,更在于为重新审视中国现代文学的发生学语境和发展逻辑提供了新的视角。透过程小青个案,我们对清末民初知识分子在中西文化激荡中展开的文化协商有了更加细致的认知。程小青作为译者、作家乃至文化使者的身份认同和使命担当,既折射出一个时代的价值诉求,也为今天的文化实践提供了振聋发聩的警示。

  站在新的历史时期,回望程小青的文学道路,我们更加深刻地认识到,推动民族文化繁荣发展的关键,在于用开放的视野去认识世界、借鉴经验,在比较中收获,在传承中创新,实现民族文化在交流互鉴中的自我认同、自我发展与自我超越,使中华民族永久地屹立于世界文化之林。这是对中华传统优秀文化遗产的继承发扬,更是新时期赋予我们的使命与担当。

参考文献

[1] 卢润祥.神秘的侦探世界:程小青、孙了红小说艺术谈[M].上海:学林出版社,1996.

[2] 范伯群.中国近现代通俗作家评传丛书[M].南京:南京出版社,1994.

[3] 姜维枫.近现代侦探小说作家程小青研究[M].北京:中国社会科学出版社,2007.

[4] 宗靖华.程小青侦探小说研究[M].广州:暨南大学出版社,2022.

[5] 秦亢宗,范裕华.程小青和《霍桑探案》:中国现代通俗小说研究札记[J].浙江大学学报(人文社会科学版),1989(4):59-63,69.

[6] 刘为民.论白话侦探小说的新文学性质[J].南京大学学报(哲学·人文科学·社会科学),1997(2):74-79.

[7] 周渡.从程小青的文学活动看其对现代性的追求[J].山西师大学报(社会科学版),2008,35(6):65-69.

[8] 康文.浅论程小青侦探小说创作及其理论[J].山东文学(下半月),2008(3):64-65.

[9] 黄薇.沟通中西侦探小说的桥梁:程小青[J].学海,2003(2):190-194.

[10] 胡立昀.程小青侦探小说创作浅论[D].武汉:华中科技大学,2006.

[11] 朱定爱.论程小青的侦探小说[D].武汉:华中师范大学,2002.

[12] 彭宏.从侦探到"反特":一种文类的消亡:从程小青的创作转换说起[J].湖北警官学院学报,2007(6):85-89.

[13] 汤哲声.流转带来神奇:程小青《霍桑探案》、高罗佩《大唐狄公案》论[J].江汉论坛,2009(5):93-97.

[14] 李世新.《霍桑探案》与《福尔摩斯探案》比较论[J].宜春学院学报,2007(3):113-116.

[15] 吴正毅.从福尔摩斯到霍桑:中国现代侦探小说的本土化过程及其特征[J].苏州教育学院学报,2008(2):48-51.

[16] 黄晓娜.《福尔摩斯探案全集》与《霍桑探案集》的比较研究[D].开封:河南大学,2009.

[17] 包中华,杨洪承.新见早期侦探小说评论资料的理论价值:以《中国侦探小说理论资料

(1902—2011)》十二条未收资料为中心[J]. 中国文学研究,2020(2):85-94.

[18] 翟猛.《青年进步》刊程小青汉译小说考论[J]. 新文学史料,2020(2):132-137.

[19] 于经纬."侦探"的"社会主义化":程小青的反特惊险小说书写[J]. 中国现代文学研究丛刊,2023(1):223-230.

[20] 董燕.论民国时期侦探小说的法治文化内涵[J]. 福建论坛(人文社会科学版),2022(5):110-119.

[21] 张雪妞.侦探小说的类型改写实验:以程小青的创作转型为中心[J]. 上海文化,2022(3):58-65,73.

[22] 袁洪庚.文学观念嬗变中的中国现当代犯罪文学[J]. 中国文化研究,2021(4):80-87.

[23] 田德蓓.张坤德与中国早期侦探小说翻译[J]. 合肥工业大学学报(社会科学版),2015,29(1):64-70.

[24] 范伯群.中国现代通俗文学史[M]. 北京:北京大学出版社,2007:139.

[25] 柯南·道尔.继父诳女破案[N]. 张坤德,译.时务报,1897.

[26] 柯南·道尔.呵尔唔斯缉案被戕[N]. 张坤德,译.时务报,1897.

[27] 范伯群,汤哲声,孔庆东.20世纪中国通俗文学史[M]. 北京:高等教育出版社,2006.

[28] 阿英.晚清小说史[M]. 北京:东方出版社,1996.

[29] Even-Zohar, Itamar. The position of translated literature within the literary polysystem[M]//The Translation Studies Reader. London, New York:Routledge, 2000:192-197.

[30] 程小青.从"视而不见"说到侦探小说[J]. 珊瑚,1933,2(1):1.

[31] 廖七一.晚清文学翻译语言的"变格"[J]. 解放军外国语学院学报,2011(2):65-68.

[32] 谢天振.当代国外翻译理论导读[M]. 天津:南开大学出版社,2008.

[33] 胡庆昆,余鹏.从《罪数》译本看程小青的翻译策略[J]. 宿州学院学报,2012(12):71-73.

[34] 马祖毅.中国翻译简史[M]. 北京:中国对外翻译出版公司,1984.

[35] 唐弢.中国现代文学史[M]. 北京:人民文学出版社,1984:4.

[36] 程小青.霍桑探案集:四[M]. 北京:群众出版社,1986.

[37] 程小青.从侦探小说说起[N]. 文汇报,1957-05-21(3).

[38] 彼得·纽马克.翻译问题探讨[M]. 上海:上海外语教育出版社,2001:21.

[39] 郭建中.当代美国翻译理论[M]. 武汉:湖北教育出版社,2000:159-162.

[40] 马新国.西方文论史[M]. 北京:高等教育出版社,2008:267.

[41] 吴家荣.比较文学新编[M]. 合肥:安徽教育出版社,2004:305.

[42] 柯南·道尔.福尔摩斯探案全集[M]. 李家云,译.北京:群众出版社,1981.

[43] 谢天振.翻译的理论建构与文化透视[M]. 上海:上海外语教育出版社,2000:121.

[44] Verschueren J. Understanding Pragmatics[M]. London:Amold, 1999.

[45] 王栻.严复集:第5卷[M]. 上海:中华书局,1986:1317.

[46] 黎难秋.中国科学翻译史料[M].合肥:中国科学技术大学出版社,1996:322.
[47] 庄逸云.清末民初文言小说史[D].上海:复旦大学,2004.
[48] 田德蓓.论译者的身份[J].中国翻译,2000,21(6):20-24.
[49] 陈平原,夏晓虹.二十世纪中国小说理论资料:第1卷[M].北京:北京大学出版社,1989:25.
[50] 袁进.中国文学观念的近代变革[M].上海:上海社会科学院出版社,1996:160.
[51] 朱自清.朱自清文集:第3集[M].南京:江苏教育出版社,1985:142.
[52] 谢天振,查明建.中国现代翻译文学史:1898—1949[M].上海:上海外语教育出版社,2004:34.
[53] 范伯群.孔庆东.通俗文学十五讲[M].北京:北京大学出版社,2003:145.
[54] 程小青.霍桑探案集:一[M].北京:群众出版社,1987:158.
[55] 程小青.侦探小说的功利观[J].红玫瑰,1929,12:3.
[56] 程小青.侦探小说作法之管见[J].侦探世界,1922(3):45.

后　　记

　　时光荏苒，岁月如梭，本人从接触程小青翻译研究到从事清末民初侦探小说翻译研究已整整十五年。初次接触程小青侦探小说翻译时，我还是安徽大学外语学院比较文学与世界文学专业的一名硕士研究生。彼时，我的导师田德蓓教授正主持教育部人文社科项目"'福尔摩斯'在中国——论程小青侦探小说的翻译与创作"。从一定程度上而言，我对翻译研究的认知和实操，就是始于程小青侦探小说的翻译研究。在田老师的指导下，我与凌青、朱文惠两位同学开始收集程小青侦探小说的相关译作和创作，一边研读，一边学习研究。

　　硕士毕业入高校之后，我继续把程小青侦探小说翻译研究作为我的研究兴趣，而后将其拓展到了清末民初侦探小说的翻译研究，之后便逐渐成为我的研究方向之一。在书稿即将完成之际，不禁感慨良多。在十几年清末民初侦探小说翻译研究的过程中，我有幸得到了安徽大学外语学院和文学院多位老师的面授教诲和悉心指导，他们深厚的学术功底、严谨的治学态度，无不体现他们学高为师、身正为范的大家风范，让我终身受益。在此，请允许我列出他们的名字，以表达我最诚挚的谢意：安徽大学外语学院田德蓓教授、马祖毅教授，安徽大学文学院王文彬教授、吴家荣教授。

　　尤其感谢我的硕士生导师田德蓓教授，是她将我引领上了翻译研究的道路，如果没有田老师当年的指导以及一直以来的督促和鼓励，我不可能继续从事翻译研究，并将清末民初侦探小说的翻译当作我的一个研究方向，完成此本专著。在学习上，田老师对我严格要求，经常督促我的学习与研究工作；在生活上，她更是像母亲一样对我百般照顾，使我备感温暖。田老师严谨的治学态度、渊博的知识、幽默风趣的处事风格都使我终身受益。

衷心感谢已故的马祖毅教授和王文彬教授，在读研期间他们经常与我谈及治学和做人的方法。进入安徽大学有幸结识这位我国翻译界的名家——马祖毅教授，他不仅赠送我大量书籍，还赠诗勉励。此外，他曾给我的硕士毕业论文以及申报的程小青相关的研究课题提出过宝贵的意见。毕业后，还时常邀我去家中相聚或同去我家乡游玩。言谈之间总会询问我的科研情况，并给予关心和指导。王文彬教授是我国著名的戴望舒研究专家。读研期间他曾教授过我"鲁迅研究""比较文学热点问题研究"等课程。毕业后每次相见，先生都会关切地询问我的教学和科研工作，督促我要及时读博。现如今两位先生已归道山，每思此事，颇为感念。

衷心感谢我的研究生同学凌青和朱文惠。读研期间，我们一起学习，一起进行程小青侦探小说研究的资料收集和论文写作。本书的第五章第四节"《驼背人》译本分析"正是由合肥八中国际部教学副主任凌青老师撰写；第五节"《海军密约》译本分析"则是由安徽交通职业技术学院朱文惠撰写。相信本书的出版，是我们当年一起进行程小青研究那段时光最有意义的纪念。在此特别向两位的付出表示谢意。

侦探小说作为我国近代"新生的文学样式"，它的翻译和创作研究之所以能够受到学界的关注，在中国文学系统中能够占据一席之地，都要归功于一批志同道合的学者在各自的研究领域所做的细致甚至是繁琐的个案研究。我自知资质鲁钝，无法在理论方面有所创新和超越，只能在个案研究和译本的内外部等方面进行实证分析和对比研究，努力做些细致的收集和比勘工作，期望借此为清末民初侦探小说翻译与创作的后来研究提供相关借鉴和参照。倘若本人研究的结果能够和相关的理论相互阐发，为后来的研究提供个案研究的参照，则本书的目标就算完成。

最后，本书是在国内程小青相关研究的基础上，进一步发展、补充和深化的产物。因此,在本书的撰写过程中,参考了大量资料,有些还作为例证直接引用,这些都在书后的参考文献中加以罗列。在引用的过程中,有些资料和文献因为历史久远或因遗漏难以在此一一罗列,谨向众多的作者一并致以深切的谢意。限于水平和认知,本书难免有论述不全、错误等方面的问题,希望多批评、多指正,以便将来做得更好。

余 鹏

2024 年 5 月 26 日